Der Autor

Martin Bortz wurde am 9. August 1965 in Tönisvorst geboren. Seine berufliche Laufbahn brachte ihn in den Bereich der IT. Die Liebe zum Film und der Wunsch, kreativ tätig zu sein, veranlassten ihn, ein Buch zu schreiben. Mit seinen heiter-ironischen Geschichten möchte er dem Leser ein gutes Gefühl vermitteln. „Blues ist das Weltall" ist seine erste Veröffentlichung.

Martin Bortz

Blues ist das Weltall

Kurzgeschichten

Obwohl der Inhalt dieses Buches autobiographisch inspiriert ist, lassen die beschriebenen Handlungen oder Personen keine Rückschlüsse auf lebende oder verstorbene Personen zu. Somit sind Ähnlichkeiten unter Umständen rein fiktiv und nicht beabsichtigt.

© 2015 Martin Bortz

Autor: Martin Bortz
Umschlaggestaltung, Illustrationen: Martin Bortz

Verlag: tredition GmbH, Hamburg

ISBN:
978-3-7323-7075-7 (Hardcover)
978-3-7323-7074-0 (Paperback)
978-3-7323-7076-4 (e-Book)

Printed in Germany

Inhalt

VORWORT

Im Winter fällt es nicht so auf, wenn man weinend durch die Gegend läuft. Trifft man jemanden, kann man immer noch sagen, dass die roten Augen von der klirrenden Kälte kommen. Überhaupt passt weinen in die dunkle Jahreszeit. Den Blues haben, trotz oder gerade wegen der unermüdlichen Aufforderung durch die Werbung, motiviert zu sein und der nervigen ‚Du kannst alles schaffen!'-Weisheiten. Nur wer nicht stillsteht, sich ständig entwickelt und beruflich Erfolg hat, dem wird Glück versprochen. Selbst wenn man alt ist und im Rollstuhl sitzt können die letzten Tage nur glücklich verbracht werden, wenn man verrückte Dinge anstellt, wie zum Beispiel Fallschirm-springen. Scheitern ist keine Option.

Woher kommt das, war es früher anders? Ganz früher, also ich meine bei der Entstehung des Universums, war das sicherlich noch kein Thema. Ob ein möglicher Schöpfer von all dem etwas vorausgesehen oder gar gewollt hat? Die Zeit vom ersten Fisch, der sich an Land breitgemacht hat, bis hin zum Verdampfen der Erde durch eine sich riesig aufblähende Sonne, ist astronomisch gesehen doch nur ein Fingerschnips. Also wo liegt der verdammte Sinn in unserem Dasein, im sich entwickeln, im Scheitern oder im Desinfektions-Gel für die Hände (was eigentlich keine schlechte Erfindung ist)?

Ich könnte mir vorstellen, dass ein möglicher Schöpfer sich gedacht hat: "So Leute, das war echt viel Arbeit. Jetzt seid ihr dran. Macht was draus und lasst mich in Ruhe!". Und dies wiederum würde doch eigentlich auch bedeuten, dass jeder von uns das Recht auf ein kleines Quäntchen Glück hat.

Wie, das muss jeder für sich selbst herausfinden. Lachen wäre doch schon mal ein guter Anfang...

SAMSTAGMORGEN

"Sag mal, Manuel, wann stehst du endlich auf?", meine wundervolle Frau Caroline wies mich unsanft darauf hin, dass wir heute noch was vorhatten. "Du weißt doch, der frühe Vogel und so..."

"Der frühe Vogel kann mich mal", murmelte ich ins Kissen.

"Für den ist es jetzt sowieso schon zu spät. Hast du eigentlich eine Ahnung, wie viel Uhr es ist?"

Meine Augen versuchten, die Anzeige auf dem Wecker zu fixieren. Dies erwies sich als äußerst schwierig. Offensichtlich hatte sich jemand, während ich schlief, in meinem Kopf eingenistet und mit einer ausgiebigen Renovierung begonnen. Ich spürte lautes Hämmern.

"Lass mich in Ruhe. Ich bin fünfzig", versuchte ich es auf die Mitleidstour.

"Bist du nicht. Das dauert noch ein paar Monate. Und jetzt schwing deinen süßen Arsch aus dem Bett!"

Wunderbar, wie Caroline es immer wieder schaffte mich zu motivieren. Der gestrige Abend mit meinen Kumpels war ziemlich aus dem Ruder gelaufen. Wir wollten aber früh raus und uns das Mittelalter-Fest im Nachbarort anschauen. Da war sie über meine Verfassung nicht gerade erfreut. Trotzdem versprühte sie gute Laune.

'Ab ins Bad. Frisch machen gehen.', dachte ich. So ein Quatsch. Wer hat eigentlich irgendwann mal beschlossen, das 'frisch machen' zu nennen. 'Restaurierung' würde es besser treffen. Und dann immer diese liebenswürdige und gute Laune meiner Frau.

"Tralala. Ist ein richtig schöner Tag heute. Die Sonne scheint ab und zu. Es ist nicht kalt. Hat nur kurz geregnet. Im Radio brachten sie gerade einen kurzen Bericht über…"

An einem normalen Tag lausche ich gerne mal ihren Ausführungen. Aber bitte nicht heute Morgen. Ich versuchte, mich auf meine Aufgabe im Bad zu konzentrieren. Während Caroline mit ihrem Monolog aus der Küche fortfuhr, schaffte ich es erfolgreich eine unfallfreie Dusche zu nehmen. Zum Zuhören bestand aber keine Möglichkeit.

Nachdem ich mich in meine Klamotten gequält hatte nahm ich Portemonnaie und Autoschlüssel zur Hand, zog meine Jacke an und wandte mich stolz an meine staunende Frau. Warum kuckte die so komisch?

"So. Bin fertig. Wir können los."

"Wie? Wohin?"

"Häh? Na zum Mittelalter-Fest!", doofe Frage.

"Hörst du mir auch nur ein einziges Mal in deinem Leben zu?"

"Äh ja, klar. Tu ich doch immer."

"Ich habe Dir doch vorhin gesagt, dass die im Radio durchgegeben haben, das Fest sei abgesagt worden. Wegen einer Sturm- und Gewitter-warnung."

"Aber es ist doch so schön draußen. Ja, ja. Genau. Das hast du gesagt!", ab und zu krieg ich ja doch was mit.

"Es soll hier nachher richtig knallen. Eine riesige Unwetter-Front zieht genau auf uns zu."

Na toll. Und weswegen hatte ich mich aus dem Bett geschält? Obwohl, eigentlich war das doch eine Fügung des Schicksals. Jetzt brauchte ich nicht stundenlang über einen völlig überfüllten Marktplatz laufen. Und diese Stände mit dem angeblich mittelalterlichen Angebot. War sowieso jedes Jahr das Gleiche. Meine Laune wurde besser. Könnte ja doch noch ein schöner Samstag werden.

"Da wir ja nun Zeit haben, könnten wir eigentlich zu meiner Mutter fahren. Da waren wir schon so lange nicht mehr. Ich rufe die gleich mal an und sag Bescheid."

So sehr Caroline es verstand mich aufzumuntern, so sehr hatte sie aber auch eine Antenne dafür, mir den Tag komplett zu versauen.

"Aber, aber... das Fest... Mittelalter... Gewitter... Kopfschmerzen", ich bekam keinen vernünftigen Satz raus.

"Ja mein Liebster?", grinste sie. Sie wusste genau was los war. Was konnte ich tun? Ich musste mir schnell was ausdenken um den Tag zu retten. Vielleicht könnte ich zu hohen Blutdruck vortäuschen und mich ins Krankenhaus einweisen lassen. Oder ein Feuerzeug ans Thermometer halten. Da, jetzt griff sie schon zum Hörer.

"Warte mal. Wie wäre es denn damit, wir ziehen uns nochmal aus, legen uns hin und kuscheln noch ein wenig."

Ja genau, kuscheln. Damit kriegt man sie immer.

"Kuscheln? Pah! Du und kuscheln. Wenn du kuscheln sagst, meinst du Sex."

"Ja und? Wäre das so schlimm?", erwiderte ich, ein wenig beleidigt.

"Ich bin jetzt nicht in Stimmung. Will mal raus hier."

"Aber das Unwetter. Oder wir machen uns gleich was Leckeres zu essen und schauen uns danach einen schönen Film an. Oder kucken nochmal die Urlaubsbilder, oder ich massiere dir den Rücken?"

"Also irgendwie habe ich den Eindruck, du würdest alles tun. Hauptsache wir fahren nicht zu meiner Mutter."

"Nein. Nein. Nicht doch."

Das kam jetzt ein wenig zu abwehrend rüber.

Kurze Zeit später saßen wir im Auto und fuhren zu meiner Schwiegermutter. Das Gewitter war heftig. Aber im Auto soll man da ja am sichersten aufgehoben sein. Was soll ich sagen, irgendwie war es dann doch noch ganz nett bei 'Mutti', wie ich sie immer nenne. Sie hatte etwas Leckeres zum Essen gezaubert. Außerdem hatte ich immer schon eine große Freude daran zu beobachten, dass Mutter und Tochter ein so tolles Verhältnis zueinander haben. Und viel zu erzählen gab es auch, mal wieder. Und das alles ohne weghören. Und gekuschelt haben wir später auch noch. Also ich mit Caroline, nicht mit Mutti.

PANZERNASHÖRNER

Bei meiner täglichen Durchsicht des kompletten Internets stieß ich neulich auf ein bemerkenswertes Video. Es war eine Nachricht über ein kleines Nepalesisches Bergdorf, in das sich ein Panzernashorn verirrt hatte. Panzernashorn. Panzernashorn. Was für ein Wort. Natürlich kenne ich diesen Begriff, aber ich hatte ihn schon eine Ewigkeit nicht mehr gehört. Das mag daran liegen, dass diese armen Tiere so gut wie ausgestorben sind und nur noch in dieser Region der Erde vorkommen. Man hört ja immer in Tierdokus vom Nashorn oder Rhinozeros, aber von einem Panzernashorn war lange nicht mehr die Rede.

Jedenfalls lief dieses Panzernashorn mit seiner vier Zentimeter dicken Hautschicht, die aussieht wie Panzerplatten, über die Hauptstraße des Dorfes. Die Menschen stieben in alle Richtungen und es war sehr beängstigend zu sehen, wie einige sehr mutige Männer hinter diesem gewaltigen Vierbeiner wild gestikulierend herliefen. Sie vertrieben es mit lauten Geräuschen.

Diesen Mut fand ich beeindruckend. Den hätte ich nicht. Ich habe ja schon Angst mich im Restaurant für ein Menü zu entscheiden. Immer bekomme ich von allen Anwesenden das schlechteste Essen. Echt wahr. Egal in welcher Gaststätte und egal welches Gericht. Was auch immer ich mir aussuche, es wird furchtbar oder total öde sein. Die anderen bekommen immer die tollsten Speisen. Verziert mit den leckersten Sachen. Ich bekomme einfach nur ein vergilbtes Schnitzel mit ein paar trockenen Pommes auf den Tisch geknallt. Am Schlimmsten ist das in der Eisdiele. Während die anderen immer absurd große Eisbecher bekommen, mit tausend verschiedenen Früchten und den raffiniertesten Soßen versehen, erhalte ich eine kleine Schale mit zwei kleinen Kugeln Kaugummi-Eis. Ohne irgendetwas drauf.

Ich könnte mich natürlich beim Kellner beschweren. Aber das mach ich nicht mehr. Da habe ich schlechte Erfahrungen gemacht.

"Äh, Herr Ober?"

"Ja, Herr Gast!"

Schon ist die Stimmung des Kellners auf 180.

"Ist dem Herrn irgendetwas nicht genehm?"

"Na ja, ich habe hier dieses Schnitzel bekommen..."

"Das sehe ich."

"...und das ist total zäh. Und die Pommes sind ganz trocken. Und wo ist die Mayo, die ich bestellt hatte? Bekomme ich keinen Salat?"

"Wow. Na da ist ja einem ganz schön was über die Leber gelaufen heute, was? Das Fleisch ist total zäh? Hören sie mal, ich weiß ja nicht wo Sie herkommen und was für eine Schulbildung sie haben. Aber haben Sie eigentlich schon mal daran gedacht, dass Sie für die paar Mark keine Qualität erwarten können. Typisch, zu geizig für irgendwas, aber am liebsten ein Stück Kobe-Rind dafür erwarten. SIE sind es doch, der den ganzen Fleischmarkt kaputt macht. Kein Geld ausgeben wollen und sich dann wundern, dass die Tiere unter unwürdigen Bedingungen gezüchtet und mit Antibiotika vollgestopft werden. Wen wundert es da, dass der Rinderwahn um sich geht. Keine Mayo? Sie Banause. Sowas essen wir hier nicht zu den Pommes. Ach ja, und apropos Pommes und trocken und so. Haben Sie schon mal nasse Pommes gesehen? Also ehrlich. Typen wie Sie gehen mir sowas von auf den Keks. Wir reißen uns hier alle den Arsch auf für Sie und Ihresgleichen. Und trotzdem kommen wir nur mit 800 Euro monatlich nach Hause. Davon muss ich meine fünfköpfige Familie ernähren. Jeder Hartz IV´ler kriegt mehr. Haben Sie da schon mal drüber nachgedacht? Nein? Wundert mich nicht. Und was war noch... ach ja, kein Salat. Der Herr möchte auch noch einen Salat für das unterbezahlte Essen?! Selbstverständlich soll der natürlich auch noch Bio sein. Und der Koch hat dazu auch noch eine selbstgemachte Salatsoße anzubieten, die sonst nur ein Sternekoch hinkriegen würde. Was? Wie? Ich glaub mein Schwein pfeift."

Da muss ich ja jetzt doch wieder an das Panzernashorn denken. Wenn man es so sieht, wie es total stoisch durch dieses Dorf trabt. Es hatte wahrscheinlich total Angst, aber es würde jeden platt machen, der sich ihm in den Weg stellt. So wie der Kellner. Schwer berechenbar diese Tiere / Menschen. Obwohl...

WEGHÖREN

"Du hörst mir schon wieder nicht zu! Das tust du nie!" Caroline beschwerte sich, wie ich zugeben muss, nicht ganz zu Unrecht über meine nicht vorhandene Aufmerksamkeit. Na ja, grundsätzlich stimmt das aber nicht. Natürlich höre ich zu. Aber irgendwann kommt der Moment, an dem es lebenswichtig ist, wegzuhören. Damit man nicht völlig wahnsinnig wird. Damit im Kopf auch noch Platz ist für die Gedanken, die man selber gerne denken möchte. Damit nicht die komplette Prozessorleistung im Gehirn für Carolines Ausführungen des Tages draufgeht.

"Stimmt doch gar nicht!"

"So? Worüber habe ich denn gerade gesprochen?"

"Na ja. Genau kenne ich den Wortlaut natürlich jetzt nicht mehr. Kann ja schlecht alles behalten."

"Komm schon, du wirst doch wohl noch wissen, was das Thema war?"

"Ja klar. Du sprachst über deine Kolleginnen und das die eine sich heute kurzfristig krank gemeldet hatte. Daraufhin musstet ihr schnell eine Vertretung finden."

"Sach ma, willste mich auf den Arm nehmen? Darüber haben wir gestern gesprochen. Ich glaub das nicht."

"Gestern? Echt wahr? Wow...", war selber ein wenig überrascht. Offensichtlich werden meine Abschaltzeiten immer länger. Aber was will man auch machen. Da sitzt man völlig entspannt auf der Couch und kuckt Fernsehen. Eine tolle Dokumentation über das Verhalten von Erdmännchen in der Herde. Die sind ja sowas von niedlich. Und lustig. Und super interessant. Ich möchte natürlich diese Doku bis zum Ende sehen. Dann kommt Caroline nach Hause. Sie war nach der Arbeit noch kurz shoppen. Und hatte super viel zu erzählen. Wie immer.

"Tag Schatz. Du glaubst nicht, was heute passiert ist. Als ich auf der Arbeit ankomme stehen da mehrere Kuchen, jemand hatte Kaffee gekocht und Luftballons aufgeblasen. Ich dachte noch, was ist denn hier passiert? Dann kommt Beate ins Büro und trägt eine Schürze. Sie ist dabei die Kuchen anzuschneiden. Sie erzählt mir, dass sie Geburtstag hat. Wusstest du, dass die schon 55 ist? Egal, bei so einem runden Geburtstag ist es bei uns so üblich, dass derjenige einen ausgibt..."

So geht das dann weiter. Währenddessen packt sie ihre Tasche aus, geht ins Büro um die Tasche dort abzulegen, danach ins Schlafzimmer um sich etwas Anderes anzuziehen, auf die Toilette, und dann in die Küche. Dort fängt sie dann an sich was zu essen zu machen. Dabei bleibt die Lautstärke immer gleich und es fällt mir schwer etwas zu verstehen. Die Atem-Technik, die sie dabei anwendet, ist bemerkenswert. Ein Luftholen hört man nicht.

Ich habe dadurch nun schon mindestens 10 Minuten der Sendung verpasst und möchte den

Rest gerne noch mitkriegen. Aber ich habe keine Möglichkeit einen Satz zwischen ihren Ausführungen unterzubringen. Daher wende ich meine Ausblendtechnik an. Während ich zwischendurch immer mal ein 'ach so' oder 'ja genau' einbringe, konzentriere ich mich auf das Fernsehen.

Dann allerdings habe ich es wohl etwas zu weit getrieben. Sie ruft aus der Küche: "Hallo. Wie siehst Du das mit morgen? Und wann genau ist das morgen?"

Das hatte ich zumindest verstanden. Aber genau weiß ich es nicht mehr. Bin sofort total perplex und stammel mir eine völlig sinnentleerte Antwort raus: "Nein, nein. Morgen um die gleiche Zeit ist es genauso spät wie jetzt."

"Häh? Wie meinste das denn jetzt?"

Ich gebe ja zu, dass das nicht die feine Art ist. Aber was soll ich denn machen? Irgendwie habe ich doch auch das Recht mal an die Sachen zu denken, die ich möchte. Grundsätzlich finde ich es ja ganz toll, dass sie mir viel erzählt. Und oft genug höre ich gerne zu. Ich war einmal in einer Beziehung, wo man sich überhaupt nichts zu sagen hatte. Man ödete sich an. Also? Ist doch alles gut.

Aber diese Redegewitter sind schon anstrengend. Manchmal werde ich dabei auch müde. Mir fallen spontan die Augen zu. Die Lider werden plötzlich total schwer und es ist unmöglich, sie aufzuhalten. Auch wenn ich oft Probleme beim

Einschlafen habe, aber es gibt Situationen, in denen ich quasi aus dem Stand einschlafen könnte:

im Wartezimmer des Zahnarztes, auf dem Klo, hinterm Steuer auf der Autobahn und während Carolines Erzähl-Attacken.

Caroline zeigte nach ein paar Erklärungen Verständnis für mich. "OK, manchmal lasse ich vielleicht ein paar Gedanken zu viel auf dich einregnen."

"Ja. Und ab und zu kommentierst du laut was du gerade tust oder noch vorhast. Das muss ich doch alles gar nicht wissen, oder?"

"Nein, natürlich nicht. Du musst ja nicht alles behalten. Sowas kannste ja ausblenden."

"Das ist eine Falle. Um entscheiden zu können, ob ich mir etwas merken soll oder nicht, muss ich die Bemerkung ja erst mal hören. Und dann ist es schon zu spät. Zu spät zum Ausblenden. Außerdem, wie soll ich das entscheiden? Welche Bemerkung soll ich mir merken und welche nicht?"

Ich sehe schon, da gibt es noch viel zu tun. Ich muss an meiner Technik einfach weiter feilen. Muss sie ausarbeiten. Muss mich informieren, Ratschläge und Erfahrungsberichte von anderen einholen. Muss mal googlen. Vielleicht gibt es ja auch Messen zu dem Thema, oder Seminare. Oder Hörbücher zum weghören.

Auf jeden Fall werde ich da immer professioneller. Irgendwann werde ich mein Wissen an andere weitergeben und in Rhetorik-Seminaren alle Männer zur gedanklichen

Unabhängigkeit erziehen. "Sie wollen lernen ihrer Frau zuzuhören, aber ihr dabei nicht zuhören?", werde ich das Seminar beginnen. "Die Antwort liegt in Ihnen selbst."

Sie werden mir aus der Hand fressen. Wahrscheinlich werde ich dadurch tausende von Ehen retten. Sowas kriegt man bestimmt gut bezahlt. Manche werden mich sicherlich auch aus Dankbarkeit in ihr Testament aufnehmen. Eine Stiftung wird gegründet und nach mir benannt. 'Die aufmerksamen Weghörer' wird meine erste Biographie heißen. Die Staatsmänner der Welt werden mich zu Privataudienzen bitten und mich um Rat fragen für die Verhandlungen mit den Repräsentanten schwieriger Problemstaaten. Der Papst...

"MAAAANUEL!!"

KÜCHENHACKORDNUNG

Unsere Küche befindet sich auf modernstem Stand. Die Anordnung und die Aufteilung von Küchengeräten, Besteck, Geschirr, Lebensmitteln und Schränken ist genauestens aufeinander abgestimmt. Die Wege, die zwischen den verschiedenen Arbeitsgängen zurückgelegt werden müssen, sind wissenschaftlich berechnet.

Wahrscheinlich steckt dahinter eine flammneue Studie des Max-Planck-Instituts. Das kann ich jetzt nicht genau sagen. Ich halte mich da weitestgehend raus. Caroline hat alles absolut logisch sortiert. Ein Griff und man hat, was man braucht. Sofern man sich vorher einige Stunden Zeit nimmt, um sich alles einzuprägen.

Der Mixer befindet sich im Schrank mit den Backformen. Der Stabmixer hingegen steht, und das versteht sich ja von selbst, auf der Fensterbank neben dem Schnittlauch. Die Siebe befinden sich auf dem kleinen Regalbrett über der Durchreiche, direkt neben der Mini-Stereo-Anlage. Aber nur die emaillierten Siebe. Die Drahtsiebe sind? Na? Richtig. Im Schrank mit den Backzutaten.

Dies ist aber nur die Mai-Kollektion. Bzw. die Kollektion für die Mai's mit ungerader Jahreszahl. Nächsten Monat, oder nächstes Jahr, sieht die Ordnung total anders aus.

ICH FIND' DA NIX! Gut, dass ist jetzt etwas übertrieben. Meine Utensilien für die Zubereitung des morgendlichen Kaffees habe ich ganz gut im

Griff. Aber nur, weil ich bisher unter größtmöglichem Aufwand für die Erhaltung meines Kaffee-Hänge-Schränkchens gekämpft habe. Allerdings muss ich ab und zu die Zuckerdose nachfüllen. Da komme ich in Grenzbereiche. Der Zucker wird an einem von Caroline auserkorenem Platz aufbewahrt. Aber das habe ich gelernt. In den Übergangsjahreszeiten befindet sich dieser im rechten oberen Schrank bei den Teesorten. In den anderen Jahreszeiten in der unteren Schublade mit den Plastikdosen. Oder in dem daneben. Schwierig wird es aber, wenn tatsächlich kein Zucker mehr da ist. Bis ich das festgestellt habe...

Nachdem ich mir also morgens einen Kaffee aufgebrüht hatte, griff meine linke Hand automatisch in Richtung Brotkorb. Ich hatte aber nicht bedacht, dass wir einen Jahreswechsel hatten. Der Brotkorb stand zwar immer noch an der gleichen Stelle, aber es wurden nun Chips-Tüten in ihm gelagert. Nachdem ich alle logischen Aufbewahrungsorte abgesucht hatte musste ich doch noch auf die Hilfe von Caroline zurückgreifen.

"WO IST DAS VERDAMMTE BROT?"

"Wir haben keins mehr, Schatz. Hatte ich dir gestern aber gesagt."

Das war`s mit dem Frühstück. Der Kaffee war sowieso schon kalt.

Ab und zu koche ich ganz gerne mal was Leckeres. Mir wurde auch schon von vielen Leuten eine gewisse Kochkompetenz bescheinigt. Wenn ich dann für Caroline und mich etwas Schönes zubereiten will, läuft das in der Regel so ab:

Nachdem ich am Vortag den Einkauf für den Festschmaus getätigt und alles in der Küche verstaut hatte, sortierte Caroline das Gekaufte erstmal wieder an die richtigen Stellen. Abends. Ohne mein Wissen. Ich wollte eine ganze Ente mit Knödeln und Rotkohl zubereiten.

"WO IST DIE ENTE? WO IST DIE VER-FLUCHTE ENTE?". So schwer kann es doch nicht sein, dieses riesen Ding zu finden. Ich wusste nicht, über wen ich mich mehr aufregen sollte. Über mich oder Caroline.

"Aber Manuel!", klang es fast vorwurfsvoll. "Wo soll die schon sein. Im Kühlschrank."

"ICH SEH SIE ABER NICHT!"

"Lass mich mal ran!", befahl Caroline, öffnete die Kühlschranktür und holte aus der unteren linken Ecke die Ente hervor. Diese war gut getarnt durch davor platzierte Töpfe mit Resten vom gestrigen Abendessen.

Na gut. Weiter ging´s. Die Ente musste mit einer Marinade eingestrichen werden, die ich selbst zubereiten wollte. Salz und Pfeffer fand ich direkt. Erstaunlich. Und die anderen Sachen?

"Paprika!? Öl?! Knoblauch?! Wo? WO? WOOOO?"

Es konnte doch nicht sein, dass ich komplett gar nichts davon finde. Caroline unterbrach zum wiederholten Male ihre häusliche Tätigkeit um mir bei zu stehen.

"Du weißt doch. Paprika befindet sich hier!", sie holte es aus dem Schrank mit den Backzutaten. Klar. Jetzt fiel es mir wieder ein. "Das Öl steht im Vitrinen-Schrank und der Knoblauch liegt bei den Zwiebeln unter der Spüle."

"Unter der Spüle?! Moooment mal. Sonst stand das doch auf dem oberen Regal!"

"Nein. Es stand vorher in dem Regal neben dem Schubladen-Schrank und ist von mir gestern unter die Spüle gestellt worden."

"Aha!"

"Nix 'Aha'. Du hättest es sowieso nicht behalten."

Jetzt konnte ich endlich, nachdem Caroline mir noch die kleine Schüssel und den Bratpinsel rausgeholt hatte, die Marinade anrühren und den Vogel einpinseln. Wie war das jetzt noch mit dem Ofen? Musste der vorgeheizt werden? Welche Temperatur? Soll ich den Römertopf verwenden? Auf alles hatte sie eine entsprechende Antwort. Und da sie ja eh schon mal dort stand, führte sie die entsprechenden Handgriffe auch direkt aus.

Als sie dann anfing die Knödel zu machen ging ich ins Wohnzimmer. Wo der Rotkohl zu finden war, wusste ich sowie nicht. Außerdem ging das alles jetzt schneller. Uns knurrte mittlerweile auch der Magen. Und ich konnte mich in Ruhe auf die Recherche nach vernünftigen Sendungen im öffentlich-rechtlichen Fernsehen begeben.

'Wie gut, dass ich auch mal wieder was in der Küche gemacht habe' dachte ich. Schließlich soll

Caroline dort ja nicht die komplette Oberhand gewinnen.

CHAT WÄR´ NETT

"**K**ommst Du nachher noch rüber zur Party?" Chattete ich mit meinem Kumpel Willi.

"Klar!"

"Wann denn?"

"Weiß nicht, wann soll ich?"

"Acht?"

"Du meinst 20 Uhr?"

"Ja klar, du Eimer. Was denkst du denn?"

"Hätte ja auch morgens sein können!"

"Ne, is klar!"

"Soll ich was mitbringen?"

"Ja logo, is ne Bottle-Party. Haste wieder nicht zu gehört?"

So ging das dann noch eine Weile weiter. Nun kenne ich einige Menschen, die meinen, dass diese Chatterei völlig für die Tonne ist. Die Zeit, die bei sowas draufgeht, gäbe einem keiner wieder. Da wäre es doch viel besser, kurz anzurufen. Vor allem in Zeiten, wo sowieso jeder für alles Mögliche eine Flatrate hat. Dieser soeben genannte Chat hätte gar nicht stattfinden brauchen. Nummer anwählen, Willi hebt ab, kurze Absprache und tschüss.

Nun, ich bin nicht der Meinung.

Ich finde, dass es Situationen gibt, in denen man nicht unbedingt mit einem anderen telefonischen Kontakt aufnehmen will. Zum Beispiel, wenn man gerade dabei ist, das Essen zuzubereiten. Oder wenn man beim Essen ist. Oder wenn man dabei ist, dass Essen wieder los zu werden. Natürlich ist es doof, mit jemandem Chat-Nachrichten während des Essens zu schreiben. Aber mit jemandem zu telefonieren sicherlich auch.

Es spricht aber noch etwas Anderes gegen vorschnelle Anrufe. Nämlich so eine Situation, wie ich sie erlebt hatte.

An einem der vergangenen Silvester-Abende hatten Caroline und ich uns vorgenommen, diesmal zu Hause zu bleiben. Caroline musste bis 20 Uhr arbeiten. Ich hatte dafür versprochen, ein köstliches Mahl zuzubereiten. Das Menü sollte eine Überraschung werden.

Es gehörte immer schon zu den größten Vergnügungen für mich, an Silvester oder auch am Heiligen Abend, einkaufen zu gehen. Jedem ist klar, dass es ab morgen nichts mehr zu essen gibt. Daher muss dringend noch alles leer gekauft werden.

Ich brauchte aber noch ein paar Geheimzutaten für das Silvester-Mahl, bei dem es sich um selbstgemachte Knödel mit Rotkohl und ein klein wenig Entenfleisch (2 Kg) handelte. Emilie, eine gute Freundin von Caroline und mir, war hierfür die wahrhaftige Hüterin der besten Rezepte. Ich hatte schon längere Zeit nichts von ihr gehört und wollte die entsprechenden Fragen nicht lieblos per Chat-Nachricht stellen.

Tut tuuut...

"Emilie Sauermagen!"

"Ja hallo, Emilie. Hier ist Manuel. Wie geht's dir?"

"Manuel? Der Manuel? Der Manuel, der sich seit fast 5 Monaten nicht mehr bei mir gemeldet hat? Der Manuel, der mich damals in der Kneipe hat sitzen lassen, weil er unbedingt mit seinen Kumpanen Billard spielen wollte und ich dann ganz allein da rumsaß und irgendwann völlig genervt nach Hause gegangen bin?"

Autsch, sie spielte damit auf unseren letzten gemeinsamen Abend an. Meine Frau und ich waren mit Emilie griechisch Essen. Caroline hatte sich danach verabschiedet, sie musste am nächsten Tag früh aufstehen. Emilie wollte aber gerne noch etwas trinken gehen. So zog ich dann mit ihr weiter in meine Lieblingskneipe.

"Äh, ja, ja. Genau der."

"Na, du hast vielleicht Nerven."

"Hör zu, Emilie, mir war gar nicht bewusst, dass du dich da so unwohl fühltest. War doch ein schöner Abend?"

"Schöner Abend? Ich kannte doch da überhaupt keinen. Ich war da noch nie. Wir hatten uns die ganze Zeit gut unterhalten über alle möglichen Themen. Und dann bist du einfach Billard spielen gegangen."

"Ja, aber..."

"Nix aber. Und jetzt rufst du mich Monate später einfach so an."

"Aber du gucktest doch immer so lieb rüber vom Tisch. Hatte in deinen Augen keinerlei Verstimmung gesehen."

"Da haste falsch gesehen."

"Und du hast dich auch mit anderen unterhalten."

"Unterhalten? Unterhalten, nennst du das? Ich bin von ein paar Besoffenen dumm angequatscht worden. Was ist denn da los in deiner Kneipe? Ab elf Uhr sah ich dort keinen mehr der wenigstens halbwegs nüchtern war. Einer hat mich gefragt, ob ich mit ihm die Sache mit "f" machen will. Und zwar ohne mit mir vorher auch nur einen Satz zu wechseln, geschweige denn mich erst mal zum Essen einzuladen oder so."

"Ach so, ich weiß wen du meinst. Das war doch nur Lucky. Der ist immer Voll wie eine Haubitze am Wochenende. Er ist aber total nett. Ist´n ganz lieber eigentlich.", hüstel...

"Ganz lieb? Es ist schon ganz schön bescheuert. Es gibt wirklich Männer, die meinen, wenn die stockblau sind wäre das irgendwie attraktiv."

Hätte ich doch bloß kurz eine Chat-Nachricht geschrieben. Dann hätte ich mich wenigstens weiter auf das Essen konzentrieren können.

"Nä, Manuel, das war echt keine schöne Nummer von dir. Hab ich dir wirklich übel genommen."

"Aber ich verstehe nicht, warum du nicht zu mir rübergekommen bist, wenn dich das so gestört hat. Hättest ja mal was sagen können."

"DAS HAB ICH DOCH!"

"Häh, wann?"

"Als du am Spielen warst bin ich ständig an dir vorbeigegangen und hab dir versucht was zuzuflüstern. Aber das hast du offensichtlich nicht mitbekommen."

"Nein, hab ich auch nicht. Da musste schon lauter reden. Außerdem hätte ich nicht gedacht, dass du so unselbständig bist. So."

"Manuel, das Geräusch was du jetzt hörst, hört sich so an als würde jemand auflegen."

Klick.

Mist. Nun geriet auch noch meine ganze Planung durcheinander. Um 14 Uhr schließen hier alle Läden. Jetzt war es halb zwei und ich musste noch im Internet Google`n wie man die besten Knödel macht. ‚Bereiten sie am Vortag die Pellkartoffel vor…‘ WAS? Nä, also dafür war es dann doch zu spät. Es sei denn wir wollen am Neujahrestag Knödel essen. Ich fand etwas Passendes.

So, nun hatte ich noch satte 20 Minuten Zeit mich ins Gewühl zu stürzen. Am Eingang des, ich sag mal so mittelgroßen, Supermarktes stand der Chef des Ladens höchstpersönlich und beobachtete das ganze Treiben. Ich meine ein kleines Eurozeichen in seinen Augen blitzen gesehen zu haben. Trotzdem blickte er mich mit einem wütenden Blick an. ‚Jetzt noch?‘ Überbrachte er mir telepathisch seine Botschaft.

Verdammt. Alle Einkaufs-Wagen waren weg. Die haben wirklich zu wenig davon. Wie wäre es denn mit einem Einkaufskorb? Fehlanzeige. Na dann, ich nahm die Herausforderung an: Ente besorgen, Mehl, Kartoffel, Rotkohl, Gewürze, Wein,

Sekt, Bier, Milch, Brot fürs Neujahrsfrühstück ebenso wie Aufschnitt, Butter, Kaffee und noch einige Schmakazien mehr. Und alles locker im Arm tragend. Den Blick auf den Einkaufszettel gerichtet, ohne Lesebrille versteht sich.

Dann hatte ich endlich alles zusammen. Mit dem Balance-Akt hätte ich im Zirkus auftreten können. Ab zur Kasse. Von den 6 Kassen waren selbstverständlich nur zwei Kassen besetzt. Das Personal bereitete sich auf den Feierabend vor. 20 Leute vor mir. Offensichtlich war ich der Letzte in der Schlange. Das dauert, dachte ich. Die Ente wurde immer schwerer. Aber ich hatte ‚Glück'. Vor mir in der Schlange stand Emilie und konnte mir die Zeit verkürzen. Oder versüßen, wie man´s nimmt. Ich fing an zu transpirieren.

"So, so. Das hättest du wohl nicht gedacht, dass du mir jetzt hier unter die Augen kommst, was?"

Ich war hin und her gerissen zwischen "Jetzt lass es aber mal gut sein!", "Bitte verzeih mir!", oder "HILFE, holt mich hier raus!".

"Komm schon Emilie. Jetzt sei nicht so nachtragend."

"WAS, DU WAGST ES..."

"Emilie, alle können dich hören.", sang ich beruhigend auf sie ein.

"Na ja, vielleicht hast du recht. Schließlich ist ja heute Silvester. Ich hab jetzt auch keinen Bock mehr, die beleidigte Leberwurst zu spielen."

Gott sei Dank.

"Tut mir leid, wenn du sauer warst. War nicht meine Absicht. Hatte auch schon ganz gut einen im Kahn."

"Ich weiß, dein Blick ging auch nicht mehr ganz geradeaus."

"Irgendwie war es doch auch ganz lustig, oder? Wie z. B. die Sache mit Drogi."

"Übertreib es nicht."

Nach über einer halben Stunde kam Emilie endlich dran. Sie bezahlte und machte mir den Platz an der Kasse frei. Ich legte alle Sachen auf das Band. War ganz schön viel. Ich spürte meine Arme nicht mehr.

"Macht 53 Euro fuffzich.", sagte die Kassiererin in freudiger Erwartung ihres Feierabends, dem Wohlverdienten.

Mein Griff an die Gesäßtasche ging ins leere.

"Mist, Kacke, verdammt. Ich glaub ich krieg gleich nen Anfall hier…"

"Mein Herr, bitte mäßigen Sie ihre Ausdrucksweise."

"Was? Meine Ausdrucksweise? Haben Sie eigentlich eine Ahnung.... nein, woher auch."

"Ich lasse mir von Ihnen meinen wohlverdienten Feierabend nicht vermiesen."

"Emilie, kannst du mir Geld leihen?"

Doch Emilie stand nicht mehr dort. Sie war schon zum Eingang gegangen und unterhielt sich mit dem Chef.

"EMILIE"

"Wat is?" Emilie hörte nur mit halbem Ohr zu.

"Kannst du mir Geld leihen?"

"Tut mir leid, ich kann dich nicht hören. Wenn du etwas willst komm doch einfach zu mir."

Da hatte die Kassiererin etwas dagegen.

"Wenn Sie jetzt hier weggehen, räume ich das ab und schließe die Kasse."

Ich versuchte noch ein paar Gesten in Richtung Emilie, aber sie lächelte nur und ging raus.

"Guten Ruuutsch", rief sie.

Beim nächsten Mal schreibe ich wieder Chat-Nachrichten.

ERHOLUNG VS. SPORT

Härtester Job der Welt: Busfahrer in südlichen Urlaubsorten. Ich habe da sicherlich keinen Gesamtüberblick. Aber einige Erfahrungen, die diese Theorie bestätigen.

Caroline und ich befanden uns auf dem Weg vom Flughafen zu unserer Unterkunft im sogenannten 17. Bundesland Deutschlands: auf Mallorca. Der Fahrer des Linienbusses wusste genau, was er tat. Und trank dabei einen Kaffee. Die Unterkunft war etwas abgelegen und die Straßen dorthin waren ziemlich abenteuerlich. Schmal, an den Seiten Abgründe und ohne Randbegrenzungen. Aber alles kein Grund dort nicht mit Höchstgeschwindigkeit lang zu heizen. Eigenartig ist nur, dass man sich trotzdem irgendwie sicher fühlte.

Als wären die Aufreger der Autofahrt vom Heimatort zum Flughafen nicht schon schlimm genug gewesen. Wir wurden von einem guten Freund in aller Frühe mit seinem Auto dort hingefahren. Als wir auf der Autobahn waren, und ich so vor mich hindöste, plötzlich ein kleiner Aufschrei von Caroline: "Wo ist denn mein Linsen-Zeug?"

Während sie in ihrem Rucksack alle Taschen durchwühlte rutschte mir mein Herz in die Hose. Wenn Caroline ihr Linsen-Zeug nicht dabeihat, können wir alles vergessen. Schließlich benötigt sie dieses jeden Abend, wenn sie ihre Kontaktlinsen rausholt. Und wenn wir erst nochmal nach Hause umdrehen müssten, würden wir den Flieger verpassen. "Ah, da ist es ja. Ich dachte schon...", na, das ist ja nochmal gut gegangen.

Dann schon wieder: "Ach herrje, hab ich eigentlich meinen Pass eingesteckt?", mein Herz war gerade wieder raufgeklettert, da rutschte es schon wieder runter. Sie durchsuchte erneut, diesmal etwas panischer, ihren Rucksack. "Ach ja, richtig. Den hatte ich ja hier in der Seitentasche."

Das gleiche Spiel wiederholte sich mit den Reiseunterlagen und der Karte für den Bankautomaten.

Kennen Sie noch diese uralten, allerersten Telespiele? Tennis. Mit diesen beiden Strichen, die immer auf und abgingen? So erging es meinem Herzen auch. Und Caroline drehte an den Spielknöpfen. Ich brauchte den Urlaub dringender denn je.

Na ja, irgendwann erreichten wir dann doch unsere Unterkunft. Der Blick vom Balkon auf den Strand war die schönste Belohnung für die Strapazen. Jetzt konnte der Urlaub beginnen. Seele baumeln lassen. Treiben auf den Wogen der Entspannung unter Pinien und Palmen im mindestens sieben Mal gesiebten Sand.

Am nächsten Tag stand erstmal das Kennenlernen des Ortes im Programm. Wir machten einen Spaziergang über die Hauptstraße. Ganz schön viel los hier, dachte ich. Autos und Mofas brausten haufenweise durch die Gegend.

Und war das nicht schon mindestens der zehnte große Pulk mit Fahrradfahrern der an uns vorbeisauste? Die nahmen überhaupt keine Rücksicht. Warum muss man eigentlich, wenn man Sport macht, immer so durchgestylt sein? Das werde ich nie verstehen. Wenn wir früher Sport machten reichte uns eine einfache hellgraue Jogginghose und ein altes T-Shirt. So geht das heute nicht mehr. Heute muss alles super modisch und technisch auf dem höchsten Level sein. Funktionskleidung. Mit eingebautem Peilsender. Hautenge Hosen und Shirts aus einem Stoff, der mitatmet und mitdenkt.

Dann das technische Equipment. Früher setzten wir uns auf ein altes Hollandrad und drehten eine Runde in die Eifel. Heute hat man Super-Bikes aus Carbon-Faser, oder so. Leichter als ein Zehnerpack Toilettenpapier. Da kann man auch nicht jedes Fahrrad für jede Gelegenheit nutzen. Nein, für jeden Anlass gibt es technisch hochausgereizte Spezial-Bikes. Unter 5 Zillionen Euro darf das nicht kosten, sonst bringt es das nicht. Schon gut, ich rege mich mal wieder auf. Aber wenn ich das schon sehe. Leute, die sonst mit nix was an der Mütze haben, fahren hier plötzlich mit Hightech durch die Gegend, und haben dabei auch noch eine Mini-Kamera auf dem stromlinienförmigen Helm. Damit auch jeder verdammte Meter gefilmt wird.

Bleib cool, du hast Urlaub.

Ich beruhigte mich wieder. Na ja, auf jeden Fall solange, bis mir auffiel, was hier noch so abging.

Jogger! Überall Jogger! Und die trabten nicht in gemütlichem Laufstiel über die Wege. Nein. Die rannten wie von der Tarantel gestochen. Bei 40 Grad in der prallen Sonne. Ja sind denn alle hier völlig wahnsinnig geworden? Darf man sich im Urlaub nicht mehr erholen? Hat uns die Wirtschaft jetzt so dermaßen an den Hacken, dass wir uns im Urlaub selbst kasteien? Ja, ja. Das wird es sein. Die Wirtschaft ist schuld daran. Man sieht das ja schon in der Werbung. Jeder hat gefälligst total sportlich und jugendlich zu sein. Da rennen auch alle nur noch. Durchgestylt, hipp, davon besessen, reich zu werden in dem man sich total verausgabt. Ich stellte mir vor, wie all die ganzen Leute hier mit imaginären Karotten vor ihren Nasen rumliefen.

"Was murmelst du eigentlich die ganze Zeit? Ist irgendwas nicht in Ordnung?"

Ich hatte wieder angefangen, mit mir selbst zu sprechen und Caroline war das natürlich nicht entgangen. Das war immer ein Zeichen dafür, dass mich irgendetwas aufregte.

"Ach, ich weiß auch nicht. All die ganzen Typen hier. Alle gestylt, alle total hipp, alles rennt und fährt wie irre Rennrad. Ätzend."

"Häh, ich verstehe nicht was du meinst", erwiderte Caroline. "Hast du denn nicht die ganzen Plakate gesehen?"

Sie zeigte auf ein großes Plakat an einer Bushaltestelle. Dort stand groß und breit, dass in 3 Tagen ein Ironman hier im Ort stattfindet.

"Ich hab dir das eigentlich vorhin schon mindestens zweimal gesagt. Aber du hast mal wieder nicht zugehört und vor dich hin gebrabbelt."

Ich schaute in Richtung Strand. Dort fielen mir dann auch die vielen Schwimmer in ihren Neopren-Anzügen auf, oder was das auch immer für Anzüge sind. Jetzt machte das alles irgendwie Sinn. Die waren am Trainieren. Ich spürte die Erleichterung in mir hochsteigen. Puh, es sind doch nicht alle verrückt geworden. Dann nahm ich auch endlich die "normalen" Urlauber war. Mit ihren dicken Bäuchen, oder der weißen Haut mit den verheerenden Sonnenbränden. Schön.

Der Ironman-Event war sehr interessant. Caroline und ich hatten einen großen Spaß dabei den Teilnehmern zuzusehen, wie diese überglücklich ins Ziel einliefen. Glücklich darüber, etwas Tolles geleistet zu haben. Über sich selbst hinaus gewachsen zu sein. Oder einfach nur dabei gewesen zu sein. Es durchgehalten zu haben. Und nur ein paar Stunden benötigt zu haben. Ich würde für die Strecke wahrscheinlich zwei Tage brauchen, falls ich es überhaupt schaffen würde. Ok, irgendwann würde ich schon ankommen. Allerdings wären dann alle Zäune und Vorrichtungen an Start und Ziel schon seit Tagen abgebaut.

Nach dem Urlaub schaute ich mir, inspiriert durch die Ereignisse, den Film "Ironman III" an. Fragen Sie jetzt bitte nicht, wie ich vom Sportevent auf ein Mitglied der Marvel-Comics-Familie komme. Der Film gerierte sich als solider Action-Film mit viel Spannung und Witz. Was ich natürlich nicht bedacht hatte war, dass der Film auf einem der Privatsender lief. Diese haben die unschöne Angewohnheit, den Nachspann eines Filmes nicht zu zeigen. Er wird einfach ausgeblendet und ein Werbespot erscheint. Für mich als Film-Fan unerträglich.

So geschah dann in den letzten Sekunden des Films folgendes:

Tony Stark, die Hauptfigur, zog am Ende in Erzählermanier ein Resümee über das Erlebte.

"Ihr habt mir meine Roboter-Armee genommen! Ihr habt mir meine Festung genommen! Ihr habt mir alles Materielle genommen! Aber EINES werdet ihr mir niemals nehmen:"

Aus! Werbung.

EXPERTENRAT

Zwei Arbeitskollegen im Büro. "Hast du eigentlich schon deine Steuer gemacht?" "Nein."

"Du musst da dieses neue Steuerprogramm nehmen, das es letztens bei Oldi gab. Das ist echt super. Das ist besser als das von Ludl. Das hat mich auf ganz neue Ideen gebracht. Das war echt der Hammer. Nicht nur, dass ich alle Steuern, die ich gezahlt hatte, wieder zurückbekommen habe, ich habe sogar noch mehr oben drauf rausgekriegt. Davon fahren wir jetzt erst mal 3 Wochen nach Hawaii. Ab in die Sonne, ich sags dir. Das könntest du auch haben. Du musst nur dieses PC-Programm nehmen und du schwelgst im Reichtum. Glaub mir."

"Hmmhh...!"

"Und? Wirst du´s nehmen? Wirst du´s nehmen? Glaub mir, ich kenn mich da aus!"

"Warum? Du bist Datatypist!"

"Ja und? Ich bin in solchen Sachen total gut. Ich kriege immer alle Steuern raus. Wir haben da schon so viel Geld gespart…"

"Ich geh jetzt Mittag machen. Allein!"

Das ist so das Paradebeispiel eines ungefragten Ratschlages. Warum machen Menschen sowas? Weil sie es gut meinen mit ihren Gegenübern. Immer wieder gerne genommen auch:

"Du rauchst?" Meine Schwester weiß das eigentlich seit 30 Jahren. "Warum hörst Du nicht auf damit? Also ich kann mir nicht vorstellen, sowas überhaupt zu machen. Da muss man doch von loskommen! Mach das nicht. Ist ungesund."

Wo sie Recht hat...

*

Richtig nervend wird es ja beim Einkaufen. Ich gehe neulich in einen Drogeriemarkt um mir spezielles Haar-Glanz-Gel-Wachs mit Hyaluron und Anti-Ausfall-Power-Farb-Formel, oder so ähnlich, zu kaufen. Da steht man unter Umständen etwas länger vor dem 5 Meter langen Regal bis man alle Produkte sorgfältig geprüft hat. Vor allem, wenn man seine Lesebrille nicht dabeihat. Ich muss dann oft feststellen, dass meine Arme nicht lang genug sind um die Worte entziffern zu können. Auf jeden Fall wollte ich etwas, was meinem Haar einen Nass-Look verleiht, aber nicht klebt. Schon steht ein älterer Herr neben mir. Offensichtlich einer von der Sorte, die den Einkauf in den diversen Geschäften als Treffpunkt zum Kennenlernen neuer Menschen ansehen.

"Ahh, wie ich sehe, suchen Sie was für Ihre Haare, oder?"

"Äh, wie meinen?"

Ich war noch abgelenkt durch das Fokussieren meines Blickes auf die Buchstaben.

"Was für die Haare?"

"Ja, ja."

"Hier, dat Zeuch von 4-Wetter-Töfte ist sehr gut. Da haben sie sofort keine Schuppen mehr!"

"Schuppen? Wieso Schuppen? Habe ich Schuppen?"

"Na ja, sieht man doch ganz deutlich auf Ihrer schwarzen Jacke."

"Oh Kacke."

"Wie gesagt, 4-Wetter-Töfte! Ich hab das auch mal genommen, damals. Das war zu der Zeit als mein Sohn so eine schwere Gallenblasen-Entzündung hatte und damit ganze 3 Wochen im Krankenhaus gelegen hat."

"Ach!"

"Ja, ja. Das war ganz schlimm. Er hat es aber gut überstanden. Heute ist seine Galle wieder in einem 1A-Zustand. Meine Frau und ich mussten da jedes Mal über 60 Kilometer eine Strecke zum Krankenhaus fahren. Das war eine ganz schöne Belastung. Wir haben uns natürlich in dieser Zeit um unsere Enkel gekümmert und diese so lang zu uns geholt."

Gehen sie weg, gehen sie einfach weg.

*

Sehr erfindungsreich in Sachen Ratschlägen sind die Leute, wenn sie erfahren, dass Du arbeitslos bist. Offenbar ist dann jeder plötzlich Experte für alles, bloß, weil er zufälligerweise eine Arbeit hat, die Firma keine Kündigungswellen anzettelt oder einfach nur noch nicht pleitegegangen ist.

"Mach dich selbständig!"

Klar, ist ja auch nichts leichter als das.

"Du musst deine Bewerbungen peppiger und selbstbewusster gestalten!"

Er hatte noch nicht mal eine Bewerbung von mir gesehen. Außerdem hatte er seine letzte Bewerbung vor circa 25 Jahren geschrieben. Natürlich entwickelt man da ein höheres Wissen als alle Bewerbungs-Trainer zusammen.

"Da muss es doch irgendwas für dich geben? Du musst doch schließlich deine Familie ernähren! Also ich würde sofort alles in Bewegung setzen und hätte wahrscheinlich direkt eine neue Stelle. So wie damals. DIE sind auf MICH zugekommen. Weil die wussten, dass ich total gut bin in dem was ich mache."

Jo, das ist der Klassiker. Den Gegenüber erst mal runtermachen um sich selbst dann höher zu stellen. So ziemlich das Letzte was man in so einer Situation braucht ist, von seinen Kumpels zu hören, dass die alles total super gemacht haben bisher.

*

Man sollte auf diese nicht bestellten Pseudo-Hilfestellungen anders reagieren. Und zwar so, dass man seine Ruhe hat. Am besten auf zynische Art.

"Ich hab gehört, du willst dir ein anderes Auto kaufen?"

"Ja, hab da aber nicht viel Geld zur Verfügung. Irgendwas Gebrauchtes. Kann ruhig schon ein paar Jährchen auf dem Buckel haben."

"Quatsch. Sei doch nicht so dumm. Das ist doch albern. Du hast ja überhaupt keine Ahnung. Hol dir nen Jahreswagen. Und den finanzierst du dann. Die haben da im Moment superniedrige Zinsen. Lass doch mal dein Geld für dich arbeiten. Da muss man einfach mal auf Zack sein. Oder mach es so wie ich. Ich kaufe einen und nach 2 Jahren verkaufe ich den wieder und hole mir einen Neuen. Da mache ich jedes Mal einen riesen Reibach, weil ich für den Alten mehr bekomme als ich ursprünglich bezahlt hatte. Und außerdem setze ich immer alles von der Steuer ab. Da bin ich total gewieft."

"Ne, lass ma. Ein Onkel von mir hat das auch so gemacht."

"Dein Onkel, dein Onkel. Was hat der schon für eine Ahnung von der modernen Finanzwelt? Pah..."

Das mit dem Onkel stimmte natürlich nicht, aber ich war das oberschlaue Gelaber sowas von satt.

"Der hatte dann seine Arbeit verloren, konnte die Raten nicht mehr zahlen. Seine Frau verließ ihn deswegen. Sie suchte sich einen besseren Versorger. Alles lief fortan schief in seinem Leben. Nichts ging mehr. Er fuhr mit seinem Auto absichtlich gegen einen Bus. Der Bus kam von der Spur ab und stürzte einen 300 Meter tiefen Abhang hinunter. Viele Menschen kamen dabei ums Leben. Viele verletzten sich so schwer, dass sie ihr Leben lang eingeschränkt in ihrer Gesundheit waren. Die Schadenersatzforderungen gingen in die Millionen und wurden komplett den Erben aufs Auge gedrückt. Die ganze Familie..."

„...ja, ja. Schon gut. Hab ja verstanden."

"...ging den Bach runter. Sie mussten ihr Haus verkaufen..."

"Habs kapiert!"

"...und die Hundezucht, die sie besaßen musste eingestellt werden. Da sie keine Abnehmer fanden für die Tiere mussten sie alle mit eigenen Händen erwürgen..."

"Ich geb dir nie wieder einen Ratschlag."

"Kannst du dir den Anblick vorstellen? Mit bloßen Händen die Hunde vor den Augen der Kinder zu erwürgen! Den unschuldigen Kinder-augen!"

Der Autofinanzierungs-Fachmann verließ schnellstmöglich die Kneipe und ich konnte in Ruhe mein Bier trinken. Geht doch!

*

Es ist ja schön, wenn man Freunde hat die einem helfen wollen. Aber das mit der Hilfe ist halt manchmal nicht so einfach. Man kann sich doch denken, dass der vermeintlich Hilfe-Benötigende sich auch schon diverse Gedanken zum Thema gemacht hat, und offensichtlich zu keiner Lösung gekommen ist. Oder aber, schlicht und ergreifend, gar keine Lösung erforderlich ist. Manchmal will man doch einfach nur was von sich erzählen.

"Meine Frau und ich sind jetzt seit 20 Jahren zusammen. Ich muss sagen, unsere Partnerschaft ist großartig. Wir lieben uns. Wir haben viele gemeinsame Interessen. Wir kochen gerne zusammen. Haben ordentlich zugenommen, hihi. Der Job befriedigt mich und Irmgard fängt auch demnächst wieder an zu arbeiten. Und wir besuchen beide einen Mal-Kursus. Da machen wir Bilder, die sehen super aus. Die passen sogar ganz toll zu unseren Teppichen im Wohnzimmer." Sagte der jung gebliebene Bank-Angestellte zu seinem langjährigen Freund als sie sich zum Kaffee trafen.

"Oh mein Gott. Eure Ehe ist so gut wie zu Ende. Ihr müsst sofort zu einem Paar-Therapeuten."

"Wie meinen? Wie kommst du denn darauf?"

"Wie ich darauf komme? Du musst dich mal selbst reden hören. Wie aus einer Bausparkassen-Werbung. Du hast nicht ein einziges Mal das Wort Sex fallen lassen. Noch vor 7 oder 8 Jahren hatte mindestens jeder zweite Satz etwas mit gewissen körperlichen Aktivitäten zu tun."

"Ähh, was?"

*

Genug jetzt von ungefragten Beispielen zu ungefragten Ratschlägen.

Ich werde mich dann jetzt mal an meine Steuererklärung machen und schauen, was die Jahreswagen so machen. Und dann werde ich mit meiner Frau noch einen neuen Teppich kaufen gehen. Der Alte passt nicht mehr zu den Bildern.

DER UMZUG

Nach Beendigung meiner ersten Beziehung/Ehe gab es für mich nur noch ein Motto: nie mehr feste Beziehungen. Immer schön alleine in meiner eigenen Wohnung der Hausherr sein. Ich wollte absichtlich meine Wohnungseinrichtung einer Nicht-Gestaltung unterziehen und nur Sachen aufstellen, die nicht zusammenpassen. Ja, und überall Raufaser. YEAH! Aber sauber sollte es sein! Trotzdem YEAH! Keine Frau sollte jemals mehr in meinen eigenen vier Solo-Wänden irgendwas zu sagen haben.

Anderthalb Jahre später zog ich dann mit meiner neuen Freundin zusammen. "Ich weiß, was Sie jetzt denken. Und Sie haben Recht." (ein Zitat aus 162 Magnum-Folgen)

Wir hatten eine schöne kleine Kuschel-Wohnung im Inner-Circle meines Heimatortes. Fünf Schritte zum nächsten Bäcker und 9 Kilometer zum nächsten einigermaßen brauchbaren Klamotten-Laden. Wenn man aus dem Badezimmer vorwärts wieder raus wollte, ging man am besten schon rückwärts rein. Der kleine Mini-Balkon war nur über einen Umweg durch das Bad und das Schlafzimmer zu erreichen. Ich hatte mir immer vorgenommen, es nicht unangenehm zu finden, wenn Gäste an unseren zerwühlten Betten vorbeimussten, nur um mit uns auf dem Balkon ein wenig Rotwein zu trinken.

Es ist schon bemerkenswert, wie man eine Wohnung hinbekommt, in der nicht eine einzige Wand gerade ist, oder womöglich noch in einem rechten Winkel auf eine andere Wand trifft. Auch sehr spannend war es eine Schraube in die Wand zu bekommen. Entweder stieß man beim kleinsten Ansatz mit der Bohrmaschine ein im Durchmesser 20 Zentimeter großes Loch hinein oder es war bei einer Tiefe von 3 Millimetern Schluss. Versuchen Sie so mal einen Küchenschrank aufzuhängen der locker 25 Kilo tragen muss. Aber ganz ruhig, ganz ruhig. Es war das Liebesnest zweier frisch Verliebter und nichts, aber auch gar nichts konnte uns diese Wohnung madigmachen.

Apropos: madig. Auch die Mülltonnen, die wir aus Mangel an Abstellmöglichkeiten mitten in dem kleinen Treppenhaus stehen hatten, konnten uns den Spaß nicht verderben. Die Mülltonnen waren immer wieder ein Quell der Freude und lustiger Geschichten. So z. B. wenn im Sommer bei 38 Grad im Schatten der Deckel sperrangelweit offenstand, da die ungefähr 2 Zentner Babywindeln unserer Nachbarn das Platzangebot der Tonnen über Gebühr beansprucht hatten. Und wenn dann auch noch vergessen wurde, die Tonne für die Müllabfuhr rauszustellen... Ganz ruhig.

Und diese Lebendigkeit. Dank der alten Holzdecken hatte man die Möglichkeit, sich am Privatleben der jeweils anderen Partei im Hause zu beteiligen. Es war eine wichtige Erfahrung für uns, dass bei anderen Menschen der familiäre

Zusammenhalt (Frau, Mann, Kinder, Brüder, Schwestern, Schwägerinnen und Schwäger, Onkels und Tanten, Oma und Opa) einen hohen Stellenwert einnahm und man sich für die Pflege der Familie viel Zeit nahm. Jeden Tag. Neu war mir auch, dass Kinder unter drei Jahren leidenschaftlich gern bis ein Uhr nachts wach bleiben. (Bleib verdammt noch mal ruhig. Wo ist eigentlich die scheiß Kassette mit der Entspannungs-Tibet-Lagerfeuer-Musik, wenn man sie mal braucht)

Aber wir hatten ja unsere Zug-Erwartungs-Partys am Karnevals-Sonntag. Im Alter von knapp 40 Jahren lernte ich, was eine gute Party ausmacht: nämlich die komplette Aufgabe von allem, was einem in der Wohnung wichtig sein könnte. Nur unter völliger Rücksichtslosigkeit gegenüber den eigenen vier Wänden wurde aus der Fete eine geile Fete. Die Kästen Bier stapelten sich auf dem Balkon. Das war auch das Einzige, was es zu trinken gab, außer Schnaps, Likör und Wein. Jeder brachte Fingerfood mit und die Musik wurde so laut gestellt, dass die Scheiben vibrierten. Vorher wurde die Wohnung ganzheitlich auf den Kopf gestellt. Nichts stand mehr da, wo es eigentlich hingehörte. Stehtische statt Sessel. Das Motto: wer kommt, der kommt. Zeitweise waren bis zu 50 Personen in der Bude. Ein ständiges rein raus. Stunden, bevor der Zug kam, ging es los. Dann zog dieser unter unserem Fenster vorbei: ein Polizeiwagen, eine Fußtruppe, ein Wagen mit tierisch lauter Techno-Musik, Prinzenpaar, Krankenwagen. Reicht. Ca.

gegen 20 Uhr lösten sich die Feten auf. Am nächsten Morgen kam zum Kater-Frühstück eine Putz-Gewaltaktion. Es sah aus, als hätte die Nato ein Feldmanöver durchgeführt. Aber niemals ging etwas zu Bruch.

Zur Tradition gehörte auch, dass Caroline und ich uns jedes Mal am Tag vor der Fete gezofft haben wie die Weltmeister. Ich war zuständig für die Zusammenstellung der Musik. Und hatte laut uneidlicher Falschaussage meiner Frau hierfür freie Hand. Allerdings wurde dann doch wieder wie jedes Jahr diese entsetzliche Karnevalsmusik gehört, die ich über alle Maßen hasse. Dabei hatte ich doch für eine fachmännisch ausgewogene Mischung aus Punk-, Rock-, Funk- und Blues-Musik gesorgt.

Die Karnevals-Sausen sind bis heute in unserem Bekannten- und Verwandtenkreis legendär und werden von allen furchtbar vermisst.

Nun gehört zur Zufriedenheit mit einer Wohnung nicht nur die Gewissheit, satte Partys zu feiern. Es gab ja Gründe, uns was Neues zu suchen. Wir wollten wirklich raus. Ausbrechen aus alten Bahnen. Die große weite Welt kennenlernen. Umso glücklicher waren wir, als wir eine neue Wohnung fanden. Tolle Aufteilung, gut erhaltene Bausubstanz, superstarke Terrasse, erschwingliche Miete. Und ganze 50 Meter von der alten Bude entfernt.

Der Umzug hatte was. Mit Bollerkarren, Roll-Brettern und Taschen wurde unser Hab und Gut verfrachtet. Dank der regen Teilnahme unserer Freunde war die Arbeit bald getan.

Dieser Luxus. Ein Fenster im Badezimmer. Ein Gäste-Klo, auch mit Fenster. Ab jetzt kommen Caroline und ich uns endlich nicht mehr in die Quere beim Sie wissen schon was. Man muss nicht mehr vorher das Schlafzimmer aufräumen, wenn man mit Gästen auf die Terrasse will. Gut, die Wände sind auch total schräg, die Decken hellhörig. Aber die über uns wohnenden Mitglieder des Gesangsvereins Heimatort e. V. sind sehr nett. Total dufte hier.

Geraucht wird natürlich nicht mehr in der Wohnung. Und was mit der Wohnung bei einer Fete passieren könnte, ist uns auch nicht mehr egal. Zugerwartungspartys gehören der Vergangenheit an. Und die Rentner von gegenüber liegen offensichtlich nachts wach und denken sich ständig etwas aus, mit dem man uns auf den S…, sorry, die Nerven gehen kann. Ich will zurück in unsere alte Kuschelwohnung.

DER ATEM DES TODES

E s ist ein Samstag-Morgen wie viele. Keine Ahnung, wann ich ins Bett gefallen bin. Wahrscheinlich bin ich noch während des Fallens eingeschlafen. Ich schlage die Augen auf und werde von meiner Frau freundlich begrüßt.

"Sach ma, hast du sie noch alle?", oh Gott. Was habe ich getan? Keine Ahnung. "Ich weiß ja nicht, was du gestern Abend wieder alles zu dir genommen hast. Aber du hast vielleicht geschnarcht. Nicht auf diese bekannte Art. Du hast beim Ausatmen immer die Backen aufgeplustert und die Luft heftig rausgestoßen. Und zwar genau in meine Richtung. Ich hab gedacht, ich ersticke. So muss der Atem des Todes riechen."

Vielleicht sollte ich heute Morgen erst mal zum Spocht. Fitness-Studio. Ja, Fitness-Studio. Warum nur 10 Euro im Monat ausgeben für einen Breitensport-Verein, wenn ich für 70 Euro im Monat auch ganz alleine und einsam auf einem veralteten Cross-Trainer schwitzen kann. Außerdem kann ich dann auch anderen Leuten bei ihren, ebenfalls vergeblichen, Bemühungen zusehen, ihre Adipositas zu bekämpfen. Und es sollte endlich mal jemand positiv erwähnen, dass es Leute gibt, die sich die Zeit nehmen, jeden Tag für mindestens 4 Stunden an den Hanteln zu arbeiten nur um der Lieblings-Aktion-Figur meiner Kindheit, Big Jim, frappierend ähnlich zu sehen.

Obwohl, eigentlich könnte ich mich auch zunächst mal meinen Lieblings-Zeichentrick-Serien hingeben. Was ich dann auch, nachdem ich mir einen Kaffee aufgebrüht habe, sofort in Angriff nehme. Zugegeben, meine Frau ist hiervon jetzt nicht begeistert. Zu Recht. Während sie noch die Spülmaschine ausräumt ruft sie in energischem Ton ins Wohnzimmer: "Wir müssen noch nach Ludl einkaufen!".

Wie sich die Zeiten verändern. Früher verlief ein Samstag-Morgen mit uns anders. Da wurde ausgeschlafen, dann konnten wir erst mal die nächsten anderthalb Stunden die Finger nicht von uns lassen. Und DANN haben wir uns vor den Fernseher gesetzt und unsere Lieblings-Zeichentrick-Serien gemeinsam angeschaut. Und DANN sind wir nach Ludl gefahren.

Dieser typische Samstag-Vormittag-Einkauf hat etwas von einem Ritual. Zentnerweise Flaschen ins

Auto verfrachten, kiloweise Alt-Glas zum Container bringen, dann zur Getränke-Quelle unseres Vertrauens und abschließend noch zu ein oder zwei Voll-Sortimentern. Voll-Sortimenter! Gibt es ein Wort das unsere Konsum-Gesellschaft besser manifestiert? Wahrscheinlich. Abschließend dann zentnerweise Flaschen und Einkaufstüten wieder in die Wohnung zurückschleppen.

Nach dem Einkauf setze ich meine Frau vorab schon mal an unserer Wohnung ab und fahre nochmal los. Was man nicht im Kopf hat, muss man mit dem Auto fahren. Als ich wieder nach Hause komme und den Einkauf in die Wohnung bringe, bietet sich mir folgende Situation:

Ich stehe im Flur und höre, wie sich im Wohnzimmer zwei Frauen angeregt unterhalten. Ich verstehe zwar nicht die Worte, aber aus den Schwingungen spüre ich, es kann sich nur um meine Frau und ‚Mutti', meine Schwiegermutter, handeln. Offensichtlich war sie gerade in der Nähe und schaute kurz rein. Was durchaus üblich ist. Ich bin gut drauf und möchte, wie ich es oft tue, mit einem lockeren Scherz in das Gespräch einsteigen. Ich rufe noch aus dem Flur mit klaren und deutlichen Worten ins Wohnzimmer:

"Seid ihr angezogen?"

Ich gehe ins Wohnzimmer und sehe als erstes meine Frau. Der Gesichtsausdruck und die sich in schnellem Wechsel von Rot nach Weiß ändernde Hautfarbe ihres Gesichts signalisieren, dass sie offensichtlich am liebsten vor Scham im Erdboden versinken will. Als zweites sehe ich nicht meine Schwiegermutter, sondern eine mir fremde Frau, die sich im Nachhinein als Maklerin Uschi Kramer-Schmitt vorstellt. Der Besuch ist dem Umstand geschuldet, dass wir einen Nachmieter suchen.

Ich gebe zu, dass ich ein seltenes Talent dafür habe, die Fettnäpfchen, so versteckt und klein sie auch sein mögen, zu finden und voll hinein-zutreten.

Wie dem auch sei, an diesem Samstag ist es wirklich schwer, bei meiner Frau noch Pluspunkte zu sammeln. Ich befürchte, selbst sonst funktionierende Bemerkungen wie "Deine eiserne Ernährungsumstellung steht dir super!", oder "Liebe dich!", verpuffen.

Auch meine Feststellung: "Wusstest du eigentlich, dass der Mars inkontinent ist. Wissenschaftler haben herausgefunden, dass er aufgrund seiner geringen Masse und Dichte das Wasser in der Atmosphäre nicht halten kann", schafft nur unwesentliche Aufhellung der Stimmung.

So ist das nun mal. Schließlich war ich an ihrer Laune nicht ganz unschuldig. Aber morgen ist ja auch noch ein Tag. Da werde ich mich mal richtig ins Zeug legen. Moment, da sollte doch vormittags was außerordentlich Interessantes auf´m Zweiten laufen…

DIE BLIND-DATE-PHASE

Manchmal kommt es vor, dass eine neue Frau in dein Leben tritt. Eine Frau zum Verlieben. Seltsamerweise passiert mir sowas nur dann, wenn ich mich komplett von der Hoffnung verabschiedet habe, eine neue Partnerin zu finden. Wenn ich mich völlig mit dem Gedanken abgefunden habe:

"Dat jibt nix mehr!"

Du wirst alleine sein. Den Rest deines Lebens. Verschwende Deine Superkräfte nicht mehr in dieser Richtung und versuch das Beste daraus zu machen. Werde doch einer von denen, die ihr Alleinsein genießen. Die in Ruhe irgendwelchen angeberischen Hobbys nachgehen, wie z. B. beeindruckende Fotos im Himalaya schießen. Fotos, die man dann, mit fachmännischen Kommentaren unterlegt, stolz seinem Freundeskreis vorlegt. Um damit Frauen zu beeindrucken, die dann trotzdem nichts von einem wollen. Neeeiiin! So einer bin ich nicht, und werde ich nie sein. Ich bin ein Herdentier! Befürworter des Paarungsverhaltens und nicht des Single-Kults.

Wie gesagt, dann passierte es halt doch. Und ich lernte meine Caroline kennen. Aber bevor das geschah, hatte der Herrgott noch einige lustige Abenteuer für mich vorgesehen. Für mich in meiner Singlephase.

Anfänglich hatte ich natürlich noch Hoffnung, dass ich das erlebe, was ständig den Leuten in den amerikanischen Filmen passiert. Man geht irgendwo einkaufen oder fährt Taxi. Zufällig trifft man dort die Superfrau. Liebe auf den ersten Blick. Ein paar witzige Bemerkungen. Es wird gelacht und man verabredet sich zum ersten Date. Gut, in den Filmen müssen die Hauptdarsteller dann erst noch eine Reihe von lebensgefährlichen Abenteuern bestehen. Darauf kann ich natürlich gerne verzichten. Aber so oft ich auch einkaufen ging und mich in der Öffentlichkeit aufhielt, es passierte nix. Ich wurde gar nicht bemerkt. Außer mein offensichtliches und saudämliches Grinsen, das ich mir zugelegt hatte. Na ja, ich hatte gehört, dass Frauen auf das Kind im Manne stehen und dass das Aussehen total egal wäre und dass es das Wichtigste ist, die Frauen zum Lachen zu bringen. Meine Herren, hab ich viele Frauen zum Lachen gebracht. In den sogenannten Bagger-Kneipen und so. Waren auch echt lustig die Abende. Zu einer Anbahnung kam es jedoch nicht.

Völlig unsicher wurde ich nach dem gescheiterten Versuch, eine Frau im Zug anzusprechen. Ich muss erwähnen, dass ich zu dem Zeitpunkt jeden Morgen um 8 Uhr an einem kleinen Bahnhof stand um mit dem Zug zur Arbeit zu fahren. Und jeden Morgen spielte sich folgende Szene ab. Eine supersüße Frau stieg dort aus, und ich stieg ein. Immer und immer. Irgendwann fing ich an, sie anzulächeln. Und sie lächelte zurück. Yeah! Dann fing ich an, guten Morgen zu wünschen. Und sie wünschte mir einen guten

Morgen zurück. Immer noch lächelnd. Ich zerbrach mir das Gehirn. Wie kannst du das jetzt anstellen. Du musst ja schließlich zur Arbeit. Du hast nur die 5 Sekunden beim Aus- bzw. Einsteigen. Ich muss doch irgendwas tun wenn ich diese "Beziehung" auf die nächste Stufe bringen will. Jeden Morgen wurde freundlich gegrüßt und gelächelt. Und eines Tages fasste ich all meinen Mut zusammen. Ich schrieb meine Telefonnummer auf einen kleinen Zettel. Diesen hatte ich in meiner Hand. Der Zug fuhr in den Bahnhof ein. Mein Herz klopfte wie wild. Ich werde sie jetzt ansprechen! Hoffentlich bringe ich ein Wort raus. Der Zug hält. Die Türen gehen auf und sie stieg genau aus der Tür aus, in der ich einsteigen wollte. Genial. Alles super. Und statt des üblichen "Guten Morgen" kam es aus mir heraus "Hallo, wollen wir mal einen Kaffee zusammen trinken gehen?" Mein Herz klopfte so laut, dass man es wahrscheinlich trotz der Zuggeräusche gehört hat. Die Sekunden waren endlos lang. Dann kam die Antwort von der wunderschönen Frau:

"Nö. Tschüss."

Sie ging weg, ich stieg ein und die Türen schlossen sich. Mist.

Ich musste einsehen, dass diese sich-in-freier-Wildbahn-kennenlernen-Geschichte offensichtlich nicht so mein Ding ist. Aber vielleicht lagen ja meine Superkräfte in anderen Bereichen. Zum Beispiel im Blind-Date-Bereich. Ja, genau. Blind-Dating. Das ist das Ding, wo auch Leute wie ich gelegentlich mal zu einem Date kommen. Und das geht am besten über eine Vermittlungs-Instanz. Früher waren die Partnervermittlungen noch, ich sag mal, analog. Das war noch ein bisschen hinterwäldlerisch. Es gab "Ehe-Anbahnungs-Institute". Dort musste man vor Ort einen Fragebogen ausfüllen. Außerdem sollte man ein Lichtbild und seinen Lebenslauf hinterlassen. Und es wurde dringend angeraten, ein Video von sich zu drehen, in dem man seine potentiellen Geschlechtspartner von seinen Vorzügen über-zeugen sollte. Ähnlich wie ein Paradiesvogel während der Balz, mit gestrecktem Federkleid. Nur mit Video wurde es garantiert, einen Partner zu finden. Auf sowas hatte ich dann doch keinen Bock. Aber zum Glück gab es ja schon die ersten Möglichkeiten sich des Internets zu bedienen. Single-Börsen. Cool. Kontakt zu anderen Frauen.

Es ergaben sich dann auch einige Blind-Dates. Man traf sich, checkte sich gegenseitig ab und ging wieder nach Hause. "Ich meld mich mal!", war so die hinlängliche Ausstiegsklausel. Und manchmal hatte ich den Eindruck, dass man mich mit einer Zeitmaschine in die Zeit zurückversetzt hatte, in der Rubens noch Bilder von Frauen malte. Ich weiß auch nicht. Auf jeden Fall waren die Gewichtsangaben in der Single-Börse oft nicht ganz richtig, oder vielleicht einfach schon veraltet.

Eines der Gespräche bei einem Blind-Date lief folgendermaßen:

Ich: "Hallo. Die Rose in meinem Knopfloch ist etwas klein. Aber du hast sie ja doch bemerkt. Schön."

Sie: "Hallo. Ja, das knallrot war eigentlich nicht zu übersehen."

"Setzen? Wollen wir was trinken?"

"Ja klar, warum nicht."

"Ich nehm ein Bier."

"Bier? Echt jetzt. Aber nicht, dass Du zu viel davon trinkst. Hatte zuletzt nen Macker, der war echt ein Arsch. Hat sich immer so volllaufen lassen. Und dann hat er mich angeschrien. DA HAB ICH KEINE BOCK MEHR DRAUF. Bist Du so einer?"

"Ähhh, nein nein. Wie kommst du jetzt darauf. Ich trink halt gerne mal ein Bier. Ich mag keine Cola. Und was möchtest du?"

"Ich nehme eine Cola. Light und koffeinfrei. Ohne Eis. Und die sollen die Kohlensäure vorher raus machen. Ich krieg da sonst Sodbrennen."

Ich bestellte ein Bier und eine tote Plörre.

"Nun denn. Möchtest du etwas von Dir erzählen?"

"Nä, fang du an. Aber eines sag ich gleich: bei mir gibt es keinen Sex bei den ersten 5 Dates!"

Na ja, das war ja immerhin schon mal ein Ziel. Allerdings fiel es mir jetzt schon schwer den Charmeur zu machen. Zugegeben, sie sah gar nicht so schlecht aus. Und ich hatte eine gefühlte Ewigkeit keinen Sex mehr. Aber die Art war schon seltsam. Ich verstehe ja, wenn jemand schlechte Erfahrungen gemacht hat. Aber dafür konnte ich ja nichts. Das ist sowieso eine Sache, die ich oft feststellen musste. Sehr viele Frauen hatten schon schlechte Erfahrungen gemacht beim Online-Dating und waren daher, verständlicherweise, bei einem Treffen eher skeptisch eingestellt.

"Nun, ja. Sex. Das ist natürlich so ein Thema. Ich bin froh, dass du das ansprichst. Ich habe kein Problem mit deinem 5-Dates-einmal-Sex-Ding. Aber ich sage gleich: ich bin ein Mann mit Bedürfnissen."

Autsch, wie kann man eigentlich so einen Mist erzählen.

"Bist du blöd? Ich hab doch jetzt nicht gemeint, dass ich automatisch nach 5 Dates Sex mit dir haben werde."

"Äh, ja ja. Nein nein. So war das ja auch jetzt nicht gemeint."

"Schon klar, du wolltest halt einfach nur drauf hinweisen, dass du ein geiler Bock bist oder was?"

"Also ich weiß auch nicht. Du scheinst mir etwas verunsichert zu sein. Fangen wir doch das Gespräch nochmal von vorne an."

"Ok. Also ich heiß Barbara. Wohne mit meiner Mutter zusammen. Hab da so eine Einlieger-wohnung. Mit eigenem Eingang und so."

"Interessant. ..."

So ging das Gespräch dann noch ein Weilchen. Aber ich hatte das Gefühl, dass Barbara keine richtige Lust hatte. Sie wirkte auch irgendwie total Dating-gesättigt. Vielleicht hatte sie schon zu viele davon. Sie wollte offensichtlich nur noch nach Hause und mich loswerden.

"So, na ja. Also ich fand es ganz nett heute mit dir, Barbara. Vielleicht sehen wir uns ja mal wieder?"

"Ja, können wir machen. Vielleicht im Herbst, wenn die Bäume zurückgeschnitten werden?!"

Alles klar. Ab nach Hause. Stammkneipe ich komme. Ein paar Bierchen kippen ohne dumme Kommentare.

Mit der Zeit bekam ich das Gefühl, dass ich eher Superkräfte entwickle, wenn ich von einer radioaktiven Spinne gebissen werden würde.

Und genau in dem Zeitraum, in dem ich die Hoffnung auf die große Liebe aufgegeben hatte, trat Caroline in mein Leben. Wir fuhren auch eine Zeit lang morgens zusammen im Zug. Saßen uns oft gegenüber und kamen immer mehr ins Gespräch. Waren uns anscheinend gegenseitig sympathisch. Und ich fasste mal wieder all meinen Mut zusammen und stellte die berühmte Frage:

"Wollen wir mal einen Kaffee zusammen trinken gehen?"

"Ich trink keinen Kaffee! Find ich eklig!"

Oh Gott, nein. Nicht schon wieder sowas, bitte nicht.

"Aber ich kann gerne auch einen Tee trinken. Morgen Abend?"

YESSS!

DER COPY-SHOP

Was wäre mein Heimatort ohne die vielen kleinen Geschäfte, wie zum Beispiel der Bastelladen, die Rentner-Boutique oder die 17 niedlichen Handy-Läden. Er würde nur aus Wohnhäusern und Kneipen bestehen. Hört sich auf den ersten Blick gar nicht so schlecht an. Ist es aber. Wenn man seine Wohnung verlässt, muss man doch auch mal irgendwo hingehen können ohne Alkohol trinken zu müssen.

Ich muss hier mal eine Lanze brechen für unsere "Läden". Engagierte Einzelunternehmer, die für ein bisschen Stadtbild sorgen und von früh bis spät darauf warten, dass mal jemand kommt. Ob jemand kommt hängt von verschiedenen Faktoren ab: Regen, Sonne, Eis und Schnee, Monatsanfang oder -ende, Jahresanfang oder -ende, Weihnachtsgeld, Ölkrise oder Karneval.

Die Käufer-Verkäufer-Situation musste ja schon oft für, mehr oder weniger, witzige Anekdoten herhalten. "Palim-palim..." oder die gestellte Situation im Öko-Laden: "Sind Sie überhaupt kompetent genug um dieses Körnerbrot zu kaufen?". Das kennt man ja schon. Aber was ein guter Freund von mir neulich erlebte kannte ich so noch nicht.

Thomas wurde fünfzig, oder wie man bei uns sagt: "fuffzich". Er hatte ungeheuer viel um die Ohren und daher auch nicht viel Zeit für die Vorbereitung seiner Geburtstags-Party. Jeder half da so ein bisschen mit. Ich habe ihm dann auch die Einladungskarten designed. Mit einem Bildbearbeitungsprogramm auf dem PC. Da es eine Kostüm-Fete werden sollte, hatte ich ein altes Bild von Thomas rausgekramt, auf dem er als Putzfrau verkleidet zu sehen ist. Ich hatte die Hoffnung, das lustige Bild würde die anderen Gäste animieren, sich auch zu verkleiden.

Seit jeher ist es so üblich, einen Spruch wie den folgenden auf solche Karten zu schreiben: "Kaum zu glauben, aber wahr, der/die (sowieso) wird bald (xx) Jahr!". Tatsächlich habe ich es schon erlebt, dass Bekannte zu ihrem 40sten, 50sten und 60sten Geburtstag immer diesen Spruch verwendeten. Schrecklich. Das da überhaupt noch jemand zu der Party geht. Wir wollten da natürlich was Heißeres: "Ihr glaubt es nicht, es ist gescheh´n, / Thomas wird 50, lasst uns zur Party gehen!" Ich muss zugeben, dass das Versmaß hier ein wenig zu wünschen übrig lässt. Wie wäre es damit: "Thomas! 50! Party! Kommt!", und unter seinem Bild in Putzfrau-Verkleidung stand dann: "Ruf mich an!". Egal, wird schon reichen als Einladung.

Da Thomas ein wenig unbeholfen in Computer-Angelegenheiten ist, musste ich mir überlegen, wie ich ihm das Dokument mit der Einladung zur Verfügung stellte. Er sollte dann damit zu einem Copy-Shop um diese zu vervielfältigen. Der einfachste Weg schien mir, ihm die Datei auf eine CD zu brennen. Damit ging er dann auch gut gelaunt zum Kopierladen in die nächst gelegene größere Stadt unseres Heimatortes.

Service-Gedanke, Dienstleistung und "Der Kunde ist König"-Einstellung waren ja noch vor ca. 20 Jahren eine recht exotische Sache. Will sagen, wenn man damals zum Beispiel einen Handwerker bestellte, hatte DER das Sagen. Wehe man widersprach ihm. Er bestimmte, wann und wie etwas abgewickelt wurde und wie viel dies kostete. Zumindest bei uns im Ort war das so. Das hat sich ja in den letzten Jahrzehnten bedingt durch Globalisierung, Internet, Krisen und SPD geändert. Wenn man Geld verdienen will muss man seinen Rücken so krumm machen, dass der nächste Termin beim Orthopäden schon mal sicher ist. Oder man entwickelt so viel Hornhaut auf den Ellenbögen beim Verdrängen von Konkurrenten, dass jegliche Menschlichkeit verloren geht. Da wünscht man sich schon fast die alten Zeiten zurück.

Nun ja, ein Stück Vergangenheit traf Thomas dann im besagten Kopierladen. Schon eine etwaige Begrüßung fand nicht statt, obwohl Thomas nur einen Kunden vor sich an der Bedientheke stehen hatte. Ein anderer Kunde, von dem nicht klar war, was er dort wollte, saß irgendwo in einer Ecke und starrte Löcher in die Luft. Überhaupt hatte der Laden etwas Gruseliges. Es lag ein feuchter Geruch nach Schimmel in der Luft. Der Teppich hatte es definitiv hinter sich. Die Ladentheke war irgendwann mal aus Sperrholz zusammen-gezimmert worden.

Aber immerhin, die Kopiermaschinen sahen brauchbar aus und man konnte dort für kleine Kohle gute Kopien machen. Die drei Mitarbeiter, oder Besitzer (keine Ahnung), hatten das mittlere Alter überschritten und erweckten mit ihren Kapuzen-Sweatern beim Kunden ein "wir-sind-junggeblieben"-Gefühl. Nach einiger Zeit drückte endlich einer der Mitarbeiter seine Zigarette aus und sprach Thomas an.

Ach ja, ich vergaß. Wäre diese Geschichte 20 oder 30 Jahre zuvor geschrieben worden bräuchte ich das nicht extra zu erwähnen, aber da wir uns bereits tief im neuen Jahrtausend befinden sollte ich sagen, dass die Bude verqualmt war wie die Szene einer Pokerrunde in einer Hinterhof-Garage eines 70er-Jahre Krimis.

"Was geht?", fragte der missgelaunt wirkende 55jährige im Pubertätsoutfit.

"Ja, also ich wollte da so eine Einladungs-Karte bei euch drucken lassen. Macht ihr sowas?"

Mr. Kapuze schaute etwas angewidert zu Mr. Ed-Hardy und Mrs. Jogging-Anzug. Ein paar Einladungskarten? Na, da scheint ja ein Riesen-geschäft zu winken.

"So, so. Du willst also ‚was drucken' hier?"

Leicht hämische Gesichtszüge.

"Ja. Geht das bei euch?"

"Nun, Sir. Ich denke, Euer Wunsch ist bei uns in guten Händen. In welcher Darreichungs-Form gedenken eure Lordschaft dem niederen Volk Ihren Entwurf der Einladung zu übermitteln?"

Thomas lächelte, weil er in diesem Moment noch fälschlicherweise von einem kleinen Scherz zwischen Dienstleister und Kunde ausging. Weit gefehlt.

"Hier, ich hab da so eine CD mitgebracht. Da ist die Einladung drauf. Ich glaub einmal als Word und einmal als Adobe."

"Ooohhh. Eine CD! Kniehet nieder, ihr Unwürdigen. Wie 2001 ist das denn? Da will ich doch mal sehen, ob wir Menschen der niederen Kaste mit so hochmodernen Datenträgen etwas anfangen können."

Die beiden anderen grinsen sich einen ab.

"Habt ihr gehört Leute? Ein Word! Na, ob unsere Software das wohl lesen kann? Wir arbeiten ja hier schließlich noch mit einem C64."

So langsam dämmerte es Thomas.

"Nein, was für ein wundervolles Bild auf der Einladung. Bist du sicher, dass du jemanden auf der Party haben möchtest?"

Alles klar. Wichtigtuer. Zu spät für Thomas den Vorgang abzubrechen. Er hatte gerade eben so die Zeit gefunden zu diesem Laden zu gehen. Wenn er jetzt zurückzieht muss er weiter weg fahren zum nächsten Copy-Shop. Keine Zeit dafür. Außerdem müsste er sich dann wahrscheinlich noch schlimmere Dinge anhören. Augen zu und durch.

"Und seht mal her, Freunde. Das Dokument ist auch noch als PDF-Datei da drauf. Na, da kennt sich aber einer aus, was?"

Nachdem die zehn Din A4-Seiten kopiert waren, mussten sie noch in der Mitte durchgeschnitten werden, da ich die Einladung zweimal auf der Seite platziert hatte.

"Ach, schneiden auch noch? Na ja, Sie haben Recht. Wenn wir schon für´n paar Mark-Fuffzich die Einladungen kopieren, dann können wir die ja ruhig auch noch zurechtschneiden."

Mr. Kapuze übergab diesen Job Mrs. Jogging-Anzug. Nachdem diese ihre Zigarette aufgeraucht und den Kaffee ausgetrunken hatte, ging sie auch gleich ans Werk. Erstaunlicherweise ohne weitere Kommentierung wurde die Arbeit vollendet.

"Macht 13 Euro." Hmmmhhh, das war wirklich nicht viel. Wovon leben die eigentlich? Voll mit Kunden ist der Laden auch nicht. Ist es nie. Offensichtlich hatte man es hier tatsächlich noch mit Leuten zu tun, die ihre Arbeit als Passion sehen. Sich von niemanden kommandieren lassen. Sein eigener Herr sein, egal wie wenig man verdient. Sich nicht mitreißen lassen vom Leistungswahn unserer Gesellschaft. Da kam dann doch noch Sympathie für die drei bei Thomas auf.

Gut, schnell noch drei bis vier hasserfüllte Bemerkungen über sich ergehen lassen, weil man das Sümmchen mit EC-Karte bezahlt hat und dann aber ab nach Hause.

GÖTTLICHE INSTANZEN

Wenn Sie wissen möchten, wie man mit dem geringsten Aufwand den größtmöglichen Schaden oder das heilloseste Chaos anrichten kann, fragen Sie einfach mich. Da bin ich der Mann für Sie. Ein tragischer Experte wider Willen.

Ein Elefant im Porzellan-Laden kann ja nichts dafür. Er ist halt groß und dick und passt nicht ohne Zerstörungen anzurichten durch die Regale. Bei mir ist das etwas Anderes. Ich hätte die Möglichkeit das Chaos zu vermeiden, tue es aber nicht. Ich kann nicht anders.

Caroline und ich sitzen auf dem Balkon um zu frühstücken. Die Plastik-Gartenstühle, Marke Einheits-Look, stehen um den ebenso aus Plastik bestehenden Gartentisch. Alles schön gedeckt. Der Kaffee ist schon eingegossen und es kann losgehen. Beim Versuch mich auf den Stuhl zu setzen tuschiere ich leicht eines der Tischbeine. Diese Tische sind ja nicht gerade sehr schwer und reagieren auf die kleinste Erschütterung. Das Geschirr klimpert und mein Kaffee schwappt über. Erstaunlich ist, dass die Tasse anschließend immer noch voll, aber der halbe Tisch mit Kaffee benetzt ist. Abgesehen von den vollgelaufenen Untertassen sind die großen Teller beide nass. Die darauf liegenden Brötchen auch. Der Kaffee läuft an der Tischdecke herunter, zunächst auf meine Hose, dann auf den Boden. Ich stehe auf um Tücher zu holen. Rums. Schon wieder gegen das Tischbein. Diesmal fliegt die Kanne mit dem restlichen Kaffee durch die Gegend. Sie prallt auf die Fliesen und zerspringt in tausend Teile. Anschließend krieche ich unter den Tisch um Scherben aufzuheben. Beim Aufstehen pralle ich mit dem Kopf gegen den Tisch und befördere damit den Rest auch noch runter. Erstens wegen der Erschütterung, zweitens wegen des Tischtuchs, welches sich irgendwie an meinem Kragen verfangen hatte. Dieses zog ich dann beim Aufstehen komplett vom Tisch.

Man sagt ja, dass der Teufel ein Eichhörnchen sei. Das mag sein. Denn es sind oft die Kleinigkeiten, die mich zur Weißglut bringen können. Wenn zum Beispiel die Verschlusskappe bei dem Versuch, diese auf eine Wasserflasche zu drehen, herunterfällt. Ist ja eigentlich nicht weiter tragisch. Aber Sie können davon ausgehen, wenn mir das passiert, prallt die Kappe kurz vor dem Boden gegen einen meiner Zehen. Dieser Aufprall sorgt dafür, dass die Kappe in die hinterletzte Ecke unter der Küchenzeile befördert wird. Anschließend kann ich dann, mit einem Kleiderbügel bewaffnet, auf dem Boden liegend zwischen Staub, Spinnenweben und anderem undefinierbaren klebrigen Dreck unter dem Spülen-Schrank herumkriechen.

Nun ist es ja so, dass wir in einem Kulturkreis leben, in dem es üblich ist, an einen einzigen Gott zu glauben. Also nicht, wie vor 2000 Jahren die Griechen oder die Römer. Die hatten ja für alles eine passende Gottheit. Daher kann ich mir nicht vorstellen, das Gott alleine sich mit solchen Missgeschicken abgibt. Da hat er sicherlich keine Zeit für. Aber wer ist dann dafür zuständig? Vielleicht gibt es im Himmel entsprechende Unterabteilungen. Wie könnte so eine Hierarchie aussehen?

An oberster Stelle steht natürlich Gott. Darunter befinden sich die großen Bereiche wie Lebensereignisse, Lebensdauer oder das Umweltamt. Jeder Bereich hat einen Bereichsleiter. Petrus ist wahrscheinlich für das Umweltamt zuständig. Dem Bereich Lebensereignisse unterstellt sind dann die Abteilungen: Schicksal, Freude, Zorn und eben Missgeschicke.

Und diese Unterabteilung ist es, die uns, aus welchem Grund auch immer, ständig vor Prüfungen stellt. Die wollen dadurch testen, wie wir uns in den Situationen verhalten.

Ob es auch Überschreitungen bei den Kompetenzbereichen gibt? Bestimmt. Letztens war ich zum Beispiel super sauer. Bin beim Autofahren in allerlei Situationen geraten, die langsam aber allmählich meinen Blutdruck auf 180 haben ansteigen lassen. Als ich dann in die Tiefgarage fuhr, katschte ich mit dem rechten Kotflügel einen Pfeiler. Ich war unaufmerksam. Da gab es doch ganz eindeutig eine Vermischung der Zuständigkeitsbereiche der Abteilungen Zorn und Missgeschicke!

„Hallo? Ist dort die Abteilung Missgeschicke?"

„Ja. Hi. Was gibt´s?"

„Wieso habt ihr den Manuel gegen einen Pfeiler fahren lassen? Wir waren doch gerade mit ihm beschäftigt!"

„Ja, wissen wir. Wir wollten sein Verhalten bei einem Missgeschick testen, während er zornig ist."

„Das müsst ihr uns doch vorher sagen. So geht das nicht."

„Haben wir doch. Habt ihr unser Memo nicht gelesen?"

Wie dem auch sei, alle Ereignisse werden wahrscheinlich gespeichert und bilden dann den Inhalt des großen Lebensberichts. Dieser wird am Ende punktemäßig bewertet und ist wichtig für die Entscheidung, ob man in die Hölle oder den Himmel kommt.

Aber wie soll man auf solche Situationen denn nun reagieren, um einen hohen Punktestand zu bekommen? Sollte man seinen Gefühlen freien Lauf lassen und total ausrasten? Oder bleibt man besser cool? Spielt es eine Rolle, ob man dabei Dinge kaputt macht oder nicht?

Gut, als Atheist muss man sich natürlich mit so einem Quatsch nicht befassen.

MEIN BAYRISCHES COWGIRL

Nun ist es ja so, ich lebe in einer, dialektmäßig gesehen, relativ neutralen Zone. Meine Frau Caroline und ich sind hier geboren und aufgewachsen, und wir wurden ohne Einimpfung eines Dialektes großgezogen. Gut, öfters entfleucht uns mal ein ‚wat' oder ‚dat'. Ich bin auch in anderen Gegenden Deutschlands schon als Rheinländer erkannt worden, dennoch muss ich sagen, das hier viel Hochdeutsch gesprochen wird.

Es gibt noch einige Leute bei uns, die mit Dialekt reden. Aber ich habe den Eindruck, es werden immer weniger. So etwas ist hier auch nicht so verbreitet wie z. B. in Sachsen oder Bayern. Bei den älteren Menschen ist das noch ein Thema, bei den Jüngeren hingegen nicht.

Apropos Bayern…

Neulich, meine Frau und ich befanden uns auf unserer üblichen Samstag-Mittag-Shopping-Tour, machte Caroline einen Scherz. Sie versuchte sich auf bayrisch:

„Hoast mi, mei Schatz? Mogst a biss´l shopp'n geh'n?"

Ich sag´s ja immer, wenn man einen solchen Dialekt nicht mit der Muttermilch aufgesogen hat, sollte man es sein lassen. Trotzdem kam der Versuch überraschend und erheiterte mich. Da schoss mir ein seltsamer Gedanke durch den Kopf: was wäre, wenn Caroline tatsächlich nur bayrisch sprechen könnte? Und zwar so richtiges Ur-Bayrisch.

Eine Konversation wäre unmöglich. Anfänglich fand ich den Gedanken lustig. Doch je mehr ich darüber nachdachte, desto mulmiger wurde mir.

Nachdem wir ein paar Kleinigkeiten im Supermarkt in den Korb gelegt hatten, gingen wir zur Kasse. Die Kassiererin sagte zu meiner ‚Oiden‘:

„So, das macht dann vierundzwanzig fünfzig.“

Die Kassiererin legte dabei das Obst vom Band schon mal in den Korb.

„Jo mei, tuast iatz glei‘ dei Pratzn vom G′müs, Saupreiß, japanische!“

„Ähh? Das macht vierundzwanzig fünfzig!“

„Wos host′s g′sagt? Fuffz′g?“

„Schatz, können wir bitte schnell bezahlen und nach Hause gehen?“

Mir schossen weitere Gedanken durch den Kopf. Vorgestern waren wir bei Freunden zum Essen eingeladen. Was wäre wenn…

Willi freute sich über unsere Ankunft und begrüßte uns überschwänglich.

„Ja schön, dass Ihr endlich da seid. Hatten uns schon Sorgen gemacht und gedacht, es wäre etwas passiert.“

„Ja moi“ erwidert mein bayrisches Cowgirl „I mog′s haid net mi so z′schick′n!“

„Häh? Was heißt das denn?“, Irmgard, Willis Frau, wunderte sich.

„Du hoast da G´scheidheit ab´r nid mi´m Löffl g´fressen, gell?"

Willi erzählte uns, während des Abendessens, das er sich eine Mundharmonika gekauft und fleißig geübt hätte. Nun suchte er eine Band, um seine ‚Blues-Harp' zum Einsatz zu bringen.

„Des is aba a lust´ge Ogelegenheit. Aufm Fotzhobel konn I scho schee spuin! Da wüerd I dir d Schneid glei obkaffa!"

„Also bitte, wir sind beim Essen!"

„Manches ist nicht so, wie es scheint!", versuche ich Irmgard zu beruhigen.

„Caroline, Du hast da eine Fliege auf dem Tellerrand sitzen."

Caroline schlägt nach der Fliege, diese entwischt.

„De Fliagn is mia auskemma!"

„Möchte noch jemand Frikadellen?"

„Na, i ned. I hob b´reits z´vui Fleischpflanzerl."

Manchmal lassen mich bestimmte Gedanken einfach nicht mehr los.

Caroline und ich hatten es uns am Abend so richtig schön gemütlich gemacht und uns einen Film angeschaut. ‚Out of Rosenheim', Marianne Sägebrecht in Hochform.

Wir beide kamen uns näher und fingen an, uns gegenseitig zu streicheln. Zunächst nur leicht und automatisiert. Doch dann wurde es immer heftiger. Ich spürte, wie meine Hormone langsam in Wallung gerieten. Bei Caroline war es ebenso.

„Ja des is a Gaudi! Schwing doi Hax´n da ´nauf!"

„Bitte sag jetzt nichts!"

„Wos hast´s g´sogt? Mogst mi ned mehr?"

„Sicher, sicher…"

„Wos gronst denn gar a so?"

„Bitte… ich… ich…"

„Dei Ranzen is aba ganz schee groas gewoadn, gell? Du braast di ned so z´schicken! Mia hobn doch de goanzn Omd Zeit."

Da prickelt die Erotic wie eine offene Tüte Ahoi-Brause.

Na ja, in einer Beziehung spielt eine gute Konversation eben eine wichtige Rolle. Und einfaches Verständnis für seine/n Partner/In reicht nicht, man sollte sie/ihn auch verstehen.

DER GIG

"What?" Ranze, der Bassist meiner Band "Mad Guitar M.", kann es kaum fassen. Wir können auf dem Stadtfest spielen. Als kleine Provinz-Band, die eigene Songs macht, ist man mit Auftritten nicht so gesegnet. Mal ein Highlight auf einem amateurhaft arrangierten Band-Newcomer-Festival der Initiative "Musik.Bist.Du.", bei dem man durch viel Vitamin-B in den Kreis der Erlauchten gekommen ist. Ein anderes Mal in der Vereins-Location des Musiker-Vereins. Aber auch nur dann, wenn man zahlendes Mitglied ist. Immer gerne genommen auch die diversen Auftritte in kleinen Kneipen bei denen man vorher seinen kompletten Bekanntenkreis mit Suggestiv-Fragen genervt hat: "Ihr wollt doch bestimmt auch kommen, oder?"

Diesmal ist es ein wenig anders. Der Wirt unserer Band-Stammkneipe richtet jedes Jahr in meinem Heimatort das Stadtfest aus. Große Bühne, Bierpilze, Currywurst, ca. 1500 Zuschauer. Na ja, Zuschauer ist in dem Fall nicht so ganz richtig. Die meisten kommen da hin um Bekannte zu treffen und sich einen hinter die Binde zu kippen. Die Musik ist Nebensache. Trotzdem findet sich nach dem Fest immer jemand, der etwas über die Musik zu meckern hat. Wie dem auch sei, er hat mich angesprochen. Obwohl er uns noch nie gehört hat, bekommen wir von ihm diese Möglichkeit. Respekt. Mut hat er.

Hendrik, unser Drummer, spricht aus, was allen durch den Kopf geht: "Ich weiß ja nicht, wie ihr das seht. Wir sind keine Cover-Band. Das gibt doch Ärger, oder? Bei so etwas wollen die Leute nur bekannte Sachen hören."

"Ich kann mir nicht um alles Gedanken machen", erwidere ich.

"Ich finde, wir sollten die Gelegenheit auf jeden Fall wahrnehmen. Sowas bietet sich einem nicht alle Tage."

Alle sind einverstanden, wohl wissend, dass wir wahrscheinlich nach dem Konzert mit brennenden Fackeln und Mistgabeln aus dem Ort gejagt werden.

*

Dann ist er auch schon da: der Tag des Auftritts. Wir sind gewappnet, die Proben waren lang und zahlreich. Treffpunkt: Rathaus-Platz, High Noon! Die Bühne an sich ist da. PA, Mischpult usw. können wir, laut Zusage, erst anderthalb Stunden vor dem Auftritt aufbauen. Es wird im Laufe des Tages ein umfangreiches Bühnen-Programm geben. Das bedeutet, halb sieben in aller Hektik aufbauen, viertel nach sieben Soundcheck und um acht Uhr anfangen. Sportlich. Aber nicht unmöglich. Ich hatte zwei Bekannte gefragt, die sich um die Beschallungsanlage und das Mischpult kümmern. Die Jungs sind echt OK. Machen das nur für Freibier. Möchten einfach mal ihre "Klamotten" richtig ausfahren.

Umfangreiches Bühnenprogramm. Klingt toll. Ist es aber nicht. Auf jeden Fall nicht für uns, für die Band die händeringend darauf wartet, endlich loszulegen. Während unser Lieblings-Wirt seine Bierpilze in Gang bringt und der Getränke-Konsum im Laufe des Tages in geometrischer Geschwindigkeit ansteigt, wird das Programm durchgezogen. Ein selbsternannter Moderator, der dies unentgeltlich macht und dem hiesigen Gewerbe-Verein einen Gefallen tun möchte, ächzt sich von einem Highlight zum Nächsten. Mal preist er die örtlichen Mode-Läden in höchsten Tönen und weist auf Rabatt-Aktionen hin, dann wiederum kündigt er den Frauen-Gesangs-Verein "Lustige Witwen" an. Anschließend dann der Karate-Club "Kampai", was übersetzt so viel heißt wie "Prost". Dreijährige zeigen in einem Show-Kampf, wie sie 90-Kilo schwere Gegner auf die Matte legen können. Was natürlich nicht fehlen darf, sind die Tanz-Einlagen von pubertierenden 13-jährigen Mädchen, die schon lange vor ihrem Auftritt in selbst genähten ballonseidenen Gewändern vor Aufregung kichernd neben der Bühne stehen. Nach den Auftritten werden natürlich alle Darsteller von den Anwesenden, vor Stolz platzenden, Eltern, Omas und Opas mit Nachdruck dazu aufgefordert, ein oder zwei Zugaben zu geben.

All das hat seinen dörflichen Charme. Wenn es nicht ein Problem gäbe, dessen wir uns immer mehr bewusstwerden. Der Zeitrahmen gerät nach und nach aus den Fugen!

*

Präsentation der neuesten Damen-Mode durch Frau Dr. Hackenstiel: 40 Minuten. Eingeplant waren hierfür 15 Minuten. Tanzeinlage der Tanzsport-Gruppe "Lila Vögel": 30 Minuten. Geplant: 8 Minuten. Doch die Angehörigen bestanden darauf, den gleichen Tanz noch zweimal zu sehen. Ein Vierjähriger singt ein herzzerreißendes Lied über ein anderes kleines Kind. Das muss man unbedingt noch dreimal hören.

Gibt es denn hier niemanden, der mit konsequenter Härte den Zeitplan durchboxt? Nein. Niemand fühlt sich dafür zuständig. Ich spreche den Moderator an: "Wenn das so weitergeht, haben wir keine Zeit mehr, die Anlage aufzubauen. Wie soll das gehen?"

Leichte Panik macht sich in mir breit. Der Moderator ist die Ruhe selber: "Aber sehen Sie doch mal, wie nett der kleine Junge singen kann. Soll ich das jetzt einfach beenden?"

JAAAA verdammt nochmal.

Es ist halb sieben. Eigentlich sollten wir jetzt mit dem Aufbau beginnen und einen Soundcheck machen. Stattdessen macht sich der Männergesangsverein Heimatfreude e. V. startklar. Einige der vergreisten Mitglieder müssen mit ihren Rollstühlen auf die Bühne gehoben werden, was zu neuen Verzögerungen führt. Die Menge ist dermaßen gerührt, dass auch diese Aufführung nicht ohne entsprechende Zugaben auskommt.

Einige der Mitglieder schlafen während der Darbietung ein.

Endlich ist es soweit. Sieben Uhr. Wir können auf die Bühne. In wilder Hektik knallen wir die dicken Boxen, Verstärker, Instrumente und was sonst noch alles so dazugehört auf die Bühne. Kabel werden verlegt und angeschlossen. Mikrophone aufgebaut, Schlagzeug-Ständer ausgeklappt.

Zwischenzeitlich bemerke ich aus den Augenwinkeln zwei Umstände. Das Wetter verschlechtert sich. Außerdem ist das Publikum erheblich zusammengeschrumpft. Klar, die ganzen Anverwandten hatten ihre Lieben ja jetzt gesehen. Ab nach Hause. Auch hatten viele der ansonsten so beharrlichen Bierpilz-Belagerer wahrscheinlich schon genug und sind gegangen.

Rekord-verdächtig. Wir haben das Wunder vom Rathaus-Platz geschafft. Innerhalb einer Viertelstunde bauen wir alles auf. Viertel nach sieben. Der Sound-Check konnte beginnen. Bumm-bumm-bumm... Die Bassdrum ist gut zu hören. Kurz werden alle Instrumente angespielt um zu hören, ob alle Signale im Mischpult ankommen und wieder rausgehen. Jetzt ganz schnell einen Song anspielen um den Sound perfekt zu machen. Ich gebe alles und schalte alle Verzerrer ein die ich habe. Klingt scheiße, aber laut. Kaum, das wir 10 Minuten spielen, taucht neben mir am Rand der Bühne ein Mann auf. Wild gestikulierend. Der kommt mir irgendwie bekannt vor. Bei dem hatte ich, glaub ich, früher in der Schule mal Rechnen.

Aber da war doch noch was? Ach ja, der Mensch ist unser Bürgermeister. "Aufhören, aufhören. Sofort aufhören!"

*

Wir waren froh, dass wir uns endlich soundtechnisch auf unsere Show einstimmen konnten, und dann das. Geht es hier um Wählerstimmen? Nein. Sondern um nichts weniger als die christliche Gemeinde. Diese versuchte nämlich krampfhaft in der Kirche direkt neben dem Rathausplatz einen Gottesdienst abzuhalten. Offensichtlich wollte der Pfarrer während der Predigt keine musikalische Begleitung. Zumindest nicht ohne Absprache.

"Ihr könnt weitermachen, sobald der Gottesdienst vorbei ist. Aber bitte, nicht jetzt."

Unser Bürgermeister ist ein netter Mensch. Wir tun ihm den Gefallen. Also, Soundcheck erst um acht. Was eigentlich die Startzeit unseres Auftritts ist. "Wir spielen um acht dann kurz noch ein Lied an und legen direkt los, was meint ihr?"

Der Vorschlag von Ranze findet Anklang.

Gesagt getan. Rock´n Roll! Das wäre es wahrscheinlich, wenn der Sound nicht so megaschlecht wäre. Die von mir beauftragten Jungs am Mischpult haben offenbar keine Ahnung von der Materie. Vielleicht wäre es auch gar nicht so doof, wenn die verbliebenen Gäste wenigsten zwei oder drei Lieder kennen würden. Unsere eigenen Stücke kommen nicht an.

Wir spielen anderthalb Stunden. Das Publikum hat sich auf die Anzahl 1 reduziert. Meinem treuesten Fan: Caroline. Die anderen haben sich alle verpisst. Sich aus dem Staub gemacht. Ich höre vom Thekenpersonal, dass einige gegangen sind mit den Worten "Gott, ist das schlecht!" oder "Wer hat die denn mitgebracht?", "Schwachmaten-Band" usw.

Es gibt Tage, da gewinnt man. Und Tage, an denen man an Erfahrung zunimmt. Ich hoffe, wir bekommen wenigstens noch das versprochene Freibier.

DIE PANFLÖTEN-SITUATION

Natürlich gab es Zeiten in meinem Leben mit ziemlich viel Stress im Job. Alleine schon das frühe Aufstehen. Da geht die ganze Hektik ja schon los. Den ganzen Tag über. Und abends? Nach Feierabend? Besorgungen machen ohne Ende. Zum Beispiel noch rechtzeitig vor Feierabend in der Reifenwerkstatt sein da man sich mal wieder eine Schraube ins Hinterrad gefahren hat. Tja, und so geht das dann Tag aus, Tag ein weiter. Wer kennt das nicht? Die Zeit vergeht wie im Flug.

Aber um hier für einen kleinen Ausgleich zu sorgen hatte ich mir ja den "Leck-mich-am-Arsch"-Tag eingerichtet. So ca. alle 2 bis 3 Monate nahm ich mir einfach willkürlich einen Tag mitten in der Woche frei. Hier achtete ich auch darauf, dass Caroline arbeiten musste und ich somit die Bude für mich alleine hatte.

"Du willst doch hier nur wieder nackt auf den Tischen tanzen!", war oft ihr etwas beleidigter Kommentar dazu. Aber ich kann allen versichern, dass das nicht mein Begehr war. Das lag ganz wo anders. Auspennen, lecker Frühstück auf der Couch mit duftendem Kaffee, Videofilm einlegen, die Anlage aufdrehen und ansonsten Gott nen guten Mann sein lassen. Völlig abschalten und einfach etwas tun, was das genaue Gegenteil von Effizienz ist und was im gemeinen Volksmund schlechthin als faulenzen betrachtet wird.

Gesagt, getan. Tag frei genommen. Wecker nicht gestellt. Caroline ging früh aus dem Haus zur Arbeit. Irgendwann stand ich endlich auf. Dann erst mal los zum Einkaufen. Kein gutes Frühstück ohne frischen Aufschnitt. Unsere Wohnung befand sich direkt auf der Fußgängerzone. Direkt vor der Haustür war ich in unmittelbarer Nähe von allem was man so braucht: Brötchen, Mettwurst und Batterien für die Fernbedienung.

Der Metzger ist ungefähr 50 Meter von unserer Haustür entfernt. Vor dem Laden stand ein Mann im "Les Miserables"-Outfit und drehte an einer Drehorgel. Diese machte einen tierischen Lärm. Gott sei Dank stand der nicht vor unserer Wohnung. So laut hätte ich die Anlage nicht aufdrehen können um das Gedudel zu überhören. Von dem Film würde ich nichts mitkriegen. Der ganze schöne freie Tag wäre im Eimer gewesen. Nachdem ich dann den üblichen Warteschlangen-Wahnsinn an der Metzger-Theke hinter mich gebracht hatte sprang ich noch kurz beim Bäcker rein. Jetzt aber schnell nach Hause, dachte ich und freute mich wie ein kleines Kind auf Frühstück und Videofilm. "Star Trek - Der erste Kontakt" übrigens. Hatte den Film zwar schon 6-mal gesehen, aber das machte gar nix. Ich entdecke immer wieder was Neues. Ein, wie ich finde, genialer Film: Weltraum, Raumschiffe, Action, tolle Schauspieler, raffinierte Handlung mit Zeitreise und so, ausgeklügelte Dialoge. Die Borg, welche eindeutig nicht schwedischer Herkunft waren, wollen die Erde assimilieren. Aber einer steht im Weg: Captain Picard!

Kurz bevor ich wieder vor unserer Wohnung auftauchte dann der Schock. Eine Gruppe von peruanischen Panflöten-Spielern in traditioneller Kleidung baute sein Equipment genau vor unserer Eingangstür auf. Es war erstaunlich was die alles so mitgeschleppt hatten. Mischpult, Verstärker und ziemlich große Lautsprecher-Boxen. Dass das nicht nur ein kurzer Auftritt werden würde, war mit schlagartig klar. Neben dem Mischpult wurden die Kisten mit den selbst produzierten CD´s aufgebaut. Beeindruckend wie schnell alles startklar war. Und schon ging es los. 'El condor pasa' rauf und runter in allen Variationen und in furchterregender Lautstärke. Es war klar, dass man das bis ins Wohnzimmer hörte. Jetzt hätte ich mir doch lieber den Drehorgel-Spieler hierher gewünscht. Verdammt.

Das war ja noch nicht alles. Ich muss zugeben, dass ich diese Musik grauenvoll finde. Da zieht sich mir alles zusammen. Mindestens 10 Frauen standen mit leuchtenden Augen vor der Band. Alle waren hin und weg, sie schmolzen quasi dahin. Warum ist das so? Was haben diese Bands an sich, was ich mit meiner Band nicht habe? Sind es die, wie ich zugeben muss, gutaussehenden exotisch wirkenden jungen Männer? Oder etwa die Musik?

Am liebsten hätte ich den Aufschnitt und die Brötchen zurückgebracht. Ich ging rauf in die Wohnung und verriegelte alle Fenster und Türen.

Aber wie ich es befürchtet hatte, der Ton drang bis ins Wohnzimmer. Wollte mir das Frühstück aber nicht vermiesen lassen. Kaffee aufgebrüht, Wohnzimmer-Tisch gedeckt. Ich begann mit dem Film. Anlage aufgedreht, ziemlich laut. Allmählich konnte ich die Musik von draußen ausblenden und fing an mich auf den Film zu konzentrieren. Vielleicht gibt das ja doch noch was mit dem entspannen und sinnieren und Gott nen guten Mann sein lassen. Da wird plötzlich die Wohnzimmertür aufgerissen.

"Was ist denn hier los? Wieso drehst du den Fernseher so auf?", Caroline kam früher von der Arbeit wieder. "Hörst du nicht draußen die tolle Musik. Das ist so schön. Hab mal alle Fenster aufgemacht, damit du auch was davon mitbekommst. Du sitzt hier und schottest dich von der Außenwelt ab. Du kriegst gar nicht mit, was draußen alles so los ist. Hab mir sogar eine CD gekauft von denen. Sie heißen "La venganza de los diablos rojos" oder so ähnlich. Schön nicht, das können wir uns jetzt immer anhören. Zum Frühstück kommt das bestimmt gut."

Sie wissen ja, was Luke Skywalker rief, als er erfuhr, wer sein Vater ist?
NNNNNEEEEEEIIIIIIIIIIIINNNNNNNN!

DIE IMAGINÄTRIX TRILOGIE TEIL 1

Es gab mal eine kleine Film-Serie in der das Leben als wunderschön und perfekt dargestellt wurde. Alle waren nett zueinander, gingen einer erfüllenden Arbeit nach und hatten Spaß am Leben. Allerdings nur, solange man noch Bock auf dieses System hatte. Wenn nicht, wurde man von seltsam anmutenden Agenten verfolgt die alle gleich aussahen. Sie trugen Anzüge, hatten einen Fassonschnitt und eine Sonnenbrille auf der Nase. War man nicht einer virtuellen Kampfkunst mächtig, wurde man kurzerhand von der Festplatte gelöscht. Ach ja, und in Wahrheit war der eigene Körper in einer Art Kochsalzlösung eingelegt, durch diverse Schläuche mit einer riesigen Maschine verbunden und das Denken wurde durch einen Computer biblischen Ausmaßes übernommen.

Ist das die Zukunft, die in der Vergangenheit geschrieben wurde und in einer noch ferneren Zeit als heute liegt? Wahrscheinlich. Aber ich möchte nun etwas tun, was noch keiner gemacht hat. Nämlich eine ganz normale Alltags-Geschichte erzählen, die sich eventuell so in der sogenannten ‚Imaginätrix‘ abgespielt haben könnte.

*

Wir schreiben das Jahr HEUTE, obwohl Fahrzeuge durch die Gegend 'hovern', im gemeinen Volksmund als 'schweben' bezeichnet. Und schwere Erkrankungen werden durch Neuprogrammierung und -kompilierung der sogenannten Subroutinen behandelt. Also alles ganz normal. Unser Held heißt Walter. Walter hat ein paar gute Freunde mit denen er zusammen abhängt. Sein regungsloser echter Körper in der Salzlösung war zu Lebzeiten nicht so beliebt. Eigentlich war er ein totaler Vollpfosten. Aber das spielt ja nun keine Rolle. Hier, im Heimatort Utopien hat er einen schweren Job. Er war als Ersatz für die Postverteilungsmaschine einer großen Firma eingesprungen. Er kann so viele Briefe auf einmal verteilen, dass man die Bewegungen seiner Arme mit dem bloßen Auge nicht mehr nachvollziehen kann. Um einen gewissen Ausgleich zu dieser anspruchsvollen Tätigkeit zu schaffen, säuft und kifft er sich in regelmäßigen Abständen mit seinen Freunden in der Synthie-Bar die Programmzeilen von seiner Festplatte. Zum Glück gibt es ja die täglichen Back-Ups, die am nächsten Tag dann den Ursprungs-Zustand in Walters Gehirn wiederherstellen können.

Seine Freundin Trinidad ist ihm irgendwann verfallen. Wahrscheinlich zu dem Zeitpunkt, als die Programmierer des großen Erlösers die entsprechenden Programme gestartet hatten. Trinidad und Walter sind kein tolles Paar. Was will man erwarten, wenn alles nur von völlig überlasteten Hackern programmiert werden muss, die schließlich auch noch anderes zu tun hatten. Wie zum Beispiel die Programmierung des Trittschalls auf virtuellen Laminat-Böden. Traurig aber ist, auch diese virtuelle Welt ist negativen Dingen wie Hektik, Überlastung und Burn-Out ausgeliefert. Das hätte man echt besser machen können. Als man mit der Programmierung dieser Welt angefangen hatte, war man noch voller Elan und guter Vorsätze. Aber dann wollte der Erlöser immer mehr, verfiel der Korruption und irgendwann war in Utopien alles genauso wie in der Wirklichkeit, die es ja bis zur Kochsalz-Lösung mal gab. Allerdings gibt es Dinge wie Gluten-Unverträglichkeit oder Durchfall nicht mehr. Immerhin.

Trinidad und Walter leben in einer kleinen, schäbigen 2-Zimmer-Wohnung am Rande der Stadt. In der 38. Etage. Der ständigen Überbelastung der Hacker ist geschuldet, dass nicht alle Menschen einen komplett eigenen Charakter haben. Es gibt sogenannte Charakter-Gruppen zu je 10.000 Mitgliedern, die die gleichen Verhaltensmuster haben. Z. B. die Charakter-Gruppe „Rentner", diese sind immer total mürrisch, haben nie Zeit (keine Ahnung warum) und gehen immer zur Rush-Hour einkaufen. Die Mitglieder der Gruppe „Kinder" laufen ständig laut schreiend durch die Gegend und können in zwei Kategorien unterschieden werden. Die mit ADHS und die ohne. Bei den Menschen im Alter von 16 bis 65 Jahren gibt es mehrere Charakter-Einstufungen. Streber, Manager, Arbeiter, Ärzte, Politiker usw. Es gibt Überschneidungen bei den Verhaltensmustern. So kann man gelegentlich einen Anzug-Träger am

Samstag-Abend im Garten mit der Spitzhacke arbeiten sehen. Oder es klopft ein korpulenter, schwitzender und total dreckiger Typ mit gelbem Helm und Feinripp-Unterhemd an die Tür, um einem eine Versicherung zu verkaufen.

Über all dies machen sich natürlich unsere beiden Helden keine Gedanken. Schließlich sind sie es gewohnt und außerdem haben sie ihre eigenen Probleme.

*

Trinidad trifft sich mit ihren Freundinnen im Cafe.

Trinidad: "Ich halt' das nicht mehr aus mit Walter. Er ist so ein Arsch. Der tut nichts zu Hause. Spielt am Feierabend entweder an sich oder der Y-Box rum, oder geht mit seinen Kumpels einen saufen. Ich könnte virtuell kotzen."

Penelope: "Ach komm schon, jetzt stell dich nicht so an. Du weißt, dass das bei uns haargenau so abläuft. Nur, dass mein Jochen "Nantondi Wie" spielt. Und ich wäre froh, wenn er mal an sich rumspielen würde. Dann könnte ich vielleicht ja ab und zu mal mitmachen."

Gisela: "Mein Erlöser! Wenn ich euch schon höre. Das ist ja furchtbar dieses dämliche Gejammer. Reißt euch mal zusammen. Wenn euch das nicht passt, dann geht doch mit euren Mackern zum Paar-Digipeuten und macht einige Sitzungen. Wenn ihr das nämlich nicht bald in den Griff bekommt, werden euch womöglich die Agenten besuchen."

Ja, das Leben ist nicht so easy in Utopien. Oberflächlich betrachtet sieht alles dufte aus. Aber...

Trinidad: "Da gibt es doch auch diesen Uralten. So wird der doch genannt, oder? Der soll allwissend sein."

Gisela: "Bist du wahnsinnig? Alleine von ihm zu sprechen könnte schon Virtifängnis für uns bedeuten."

Penelope: "Haltet mal die Klappe!"

Penelope zeigt nach draußen. Dort spielt sich eine wilde Verfolgungsjagd ab. Ungefähr 50 Agenten verfolgen einen großen, schlanken Mann mit Sonnenbrille und langem schwarzen Mantel. Es kommt direkt vor dem Cafe zu heftigen Kampfszenen. Und obwohl die Agenten immer mehr werden, haben sie offenbar keine Chance gegen diesen Typen. Mitten im Geschehen muss der Mantel-Mann telefonieren und ist plötzlich verschwunden.

Trinidad: "Was für ein Traum-Typ! Wahnsinn. Habt ihr gesehen wie der sich bewegt."

Penelope: "Ruhe. Gisela hat Recht. Wir dürfen nicht zeigen, dass wir mit dem sympathisieren."

Trinidad: "Ohh, aber er ist sooo scharf..."

Gisela: "Denk doch an Walter."

Trinidad: "Na Danke, jetzt haste echt alles kaputt gemacht. Ich sag zu ihm: Jetzt wisch doch endlich mal mit dem Staubtuch den Wohnzimmerschrank ab oder hover mal zum Programmier-Markt und besorge ein paar Programm-Zeilen für unseren alten Herd. Man kann den wirklich zu nichts bewegen. Aber auf der Arbeit rotieren seine Arme so schnell wie die Flügel eines Kolibris sobald die scharfe Sekretärin vorbeikommt."

Trinidad und Walter beschließen, sich neu zu kompilieren um eine bessere Lebenssituation zu schaffen. Aber wie das oft mit Programmänderungen ist, können auch die neuen Versionen Fehler beinhalten. Wahrscheinlich wurden die Änderungen zu wenig getestet. Anfänglich läuft tatsächlich alles besser. Walter strengt sich viel mehr an und hovert mit Freuden zum Programmier-Markt. Allerdings kam es beim Programmieren zu einem folgenschweren Bug in den Routinen.

*

Es geschieht an einem ganz normalen Arbeitstag. Nachdem Walter am Abend vorher ordentlich Staub gewischt hatte glaubt Trinidad an eine bessere Zukunft. Doch der Dienstag gerät zur Katastrophe. Walter fängt beim Anblick der Sekretärin an nach seiner Y-Box zu suchen. Da er diese nicht findet spielt er an sich herum. Dies wiederum verursacht eine Programmschleife, welche fast zu einem Systemabsturz führt. Ein solcher Absturz könnte ganz Utopien aus den Angeln heben.

Wir fassen also nochmal zusammen:

in der echten Welt gab es Probleme zu Hauf. So viele, dass irgendwelche Maschinen die Macht übernahmen, uns alle in eine Salzlösung steckten und uns mit programmierter Wirklichkeit versorgten. Und dann machen die die virtuelle Wirklichkeit genauso bescheuert? Nä, das hätte man sich sparen können.

Genauso wie Teil 2 und 3 der Trilogie.

AUF´M ERSTEN

Als ich noch zur Schule ging wurde man montagmorgens auf dem Schulhof folgendermaßen begrüßt:

"Hasse Samstag den Film gesehen?"

Jeder wusste sofort welcher gemeint war. Klar, es gab ja auch nur 3 Programme, und natürlich den 'Holländer'. Außerdem gab es pro Wochenende nur einen Film. Filme wie 'Der Tiger von Eschnapur', 'Kim - Geheimdienst in Indien', 'Im weißen Rössl am Wolfgangsee' oder 'James Bond jagt Dr. No'. Fernsehen "on demand" war so undenkbar wie die "Großen" beim Gespräch zu stören.

"Erst reden die Erwachsenen und dann die Kinder!", war einer von Onkel Jochens Lieblingssprüchen, wenn ihm die Kinder bei einer Familienfeier mal wieder zu sehr auf den Keks gingen.

Wenn man über vergangene Zeiten nachdenkt, wird natürlich auch vieles verklärt. Manches, was früher schlecht war, wird plötzlich kultiger, je älter es wird. "Welches Schweinderl hätten´s denn gern?" Da denkt doch jeder heute an die guten alten Zeiten. Aber wenn man ehrlich ist gab es ja wohl, zumindest für Kinder und Jugendliche, kaum etwas Furchtbareres. Die Sendung war so kreativ, als hätten die Beamten einer Bundesbehörde die Idee zu dieser Sendung gehabt.

Kaltes Gruseln habe ich regelmäßig bei der Fahndungs-Sendung "Aktenzeichen XY-ungelöst" bekommen. Immer wenn ich mir die mit Schauspielern nachgestellten Taten wie Raub, Mord oder Raubmord angesehen habe dachte ich verzweifelt: "Warum nehmen die die denn jetzt nicht fest? Wo ist die Polizei? Können die Kameramänner da nicht eingreifen? Nu helft denen doch mal!"

Ein unglaublich gutes Zeitgefühl hatte ich allerdings bei der Sesamstraße, die damals auf Englisch ausgestrahlt wurde. Obwohl ich die Uhrzeit noch nicht lesen konnte, habe ich immer zur richtigen Zeit das Fernsehen eingeschaltet.

Die Freizeitgestaltung lief damals anders ab. Wenn ich mit jemandem spielen wollte rannte ich raus und besuchte die Kinder in der Nachbarschaft. Ich wurde nicht mit dem Auto irgendwo hin chauffiert, damit ich dort mit jemandem spielen konnte. Wir spielten unser eigenes Fernsehprogramm. Verfolgungs-Szenen mit dem Kettcar, Raumschiffe im Weltall, Cowboy und Indianer…

Dass das Fernsehen auch die Handlungen meiner Verwandten beeinflusste wurde mir erst später bewusst. "Da ist der Schaden größer als der Profit!", war der Lieblingsausspruch von Onkel Jochen. Damit hat er auch meine Eltern immer so kirregemacht, dass die sich kaum noch etwas trauten. Wenn ich auf Klassenfahrt fuhr, bekam ich vorher eingebläut: pass auf das Geld auf, bleib immer bei den Lehrern. Nicht, dass dich einer wegschnappt. Sei artig! Und einige andere wichtige

Sicherheitstipps. Mit einem Turnbeutel voller Süßigkeiten, auf die ich natürlich super aufpassen sollte, saß ich dann im Reisebus auf dem Weg zur Jugendherberge, mit einer tierischen Angst im Bauch. Es hätte ja sein können, dass ich mich vielleicht mit anderen darum Prügeln muss und nachher der Schaden unermesslich ist. Jemand hätte mir ja auch mein Trommelfell mit einer Ohrfeige zerstören können. Es war gut, dass meine Eltern mich vorher auf alle erdenklichen Gefahren hinwiesen. Das mussten sie tun. Schließlich hatten sie drei Tage vorher 'Es geschah am helllichten Tag' gesehen.

Erstes, Zweites und Drittes. Sonst nichts. Das war bei vielen Gewohnheit, besonders bei Onkel Jochen. Circa 15 Jahre nach Einführung der Sendervielfalt fragte er mich einmal: "Hast du gestern auch den Film auf dem Elften gesehen?"

Wir sind eine einfache Familie gewesen mit einfachen Mitteln und der Fernsehapparat war immer wieder Ort der Familienzusammenführung. "Ich glotz TV!", erklärte Nina Hagen. Da brauchte auch nicht ständig jemand was sagen. Es war OK und hatte etwas sehr Heimeliges. Herrlich die Silvester-Abende. Ich durfte lange aufbleiben und in der Glotze lief die Starparade mit Rainer Holbe. Im Zimmer wurden Luftschlangen verteilt und ich kam in den Genuss eines roten, megasüßen Krim-Sektes. Punkt zwölf schnappte ich mir die Packung 'Lady-Kracher' um diese auseinander zu pulen und alle einzeln anzuzünden.

Die jungen Menschen werden heute oft kritisiert, weil sie dauernd auf ihr Smartphone schauen. Aber waren die Kiddies früher besser, bloß, weil sie keine Handys hatten und sich mit selbstgebastelten Skateboards die Knie blutig fuhren? War Holzspielzeug kreativer? Pauschalisierungen helfen da nicht weiter. Kann sicherlich nicht schaden mal sein Telefon wegzulegen und zu basteln, zu kochen, zu musizieren oder was man sonst noch so mit seinen Händen machen kann.

Da hätte ich einen guten Tipp: zu all diesen Dingen gibt es im Fernsehen hervorragende Fachsendungen wie "Telekolleg" oder "zugeschaut und mitgebaut". Musikalisch immer bestens begleitet durch "Plattenküche", den "Musikladen" oder "Disco". Und jetzt noch einen süßen, roten Sekt dabei.

ANIMIERTE FREUNDE

Also ich bin ja immer sehr gerne mit meinen Kindern ins Kino gegangen. Als die noch klein waren. Und das lag sicherlich nicht an den Preisen. Da wurde man nämlich jedes Mal gefühlte 100000 Euro los. Es kam ja auch was zusammen: Eintrittspreise für drei Personen (natürlich die 3D-Vorstellung von der Loge aus gesehen), 3 absurd große Eimer mit verwässerter Cola, Babybadewannen voll mit Popcorn und, natürlich, das Lange-Nase-Eiskonfekt.

Nein, es lag vielmehr daran, dass ich immer eine gute Begründung dafür hatte, in den neuesten Animationsfilm von Pixar zu gehen.

"Was? Du kuckst dir Kinderfilme im Kino an?"

"Ganz ruhig. Ich mach das doch nur wegen der Kinder. Die wollen da unbedingt rein!"

Stimmte gar nicht, manchmal musste ich mit Nachdruck darauf bestehen, dass die Beiden mit mir mitkamen. "Wenn ihr mit Papa in diesen Film geht, fahren wir danach auch nach McDonald´s". Nicht ganz eine Minute später saßen beide im Auto. So einfach ging das.

Tja, das ist ja nun vorbei. Die beiden sind Erwachsen und wollen partout nicht mehr mit mir in diese Art von Filmen. Andere wollen mir einfach ihre Kinder nicht ausleihen. Und es sähe echt blöd aus, wenn ich mich da alleine hinsetzen würde.

Jetzt kann ich nur noch in Erwachsenen-Filme reingehen. Und das gestaltet sich nicht immer leicht. Vor allem, wenn man sich mit mehreren Leuten spontan dazu entschließt.

Wolli: "Ahhh, das Essen war wirklich super. Die Pizzeria hier ist echt ein Geheimtipp."

Ich: "Jo, das stimmt. Der Abend ist noch jung. Hat jemand einen Vorschlag?"

Caroline: "Wie wäre es mit Kino?"

Annegret: "Ist es dafür nicht schon zu spät?"

Wolli: "Aber Schatz, dafür gibt es doch die Spätvorstellungen."

Er holte sein Smartphone raus. "Ich kucke mal nach was es gibt."

Ich: "Nä, lass mal. Wir bezahlen, gehen dahin und schauen vor Ort. Ist doch hier um die Ecke."

Gesagt, getan. Wir standen im Foyer des Kinos und schauten auf die Plakate.

Wolli: "Da läuft der neue Aktion-Kracher 'Stirb langsam - Teil 28' im Kino3, gleich in 15 Minuten.", alle anderen: "Nääää, bloß nicht."

Annegret: "Im Kino4 läuft eine Dokumentation über depressive Wale in den Fjorden Norwegens. Sie heißt 'Kein Ausweg - wie komme ich aus diesem Fjord raus'. Da hat, glaub ich, Michael Moore dran mitgearbeitet."

Ich: "Och nö. Bitte nicht. In den Film kommste nur mit ner selbstgestrickten Kapuzen-Weste rein."

Wolli: "Willst du damit sagen, meine Freundin ist ne Öko?"

Ich: "Nein..."

Wolli: "Und hast du was gegen Ökos?"

Ich: "Nein, ich..."

Wolli: "Komm hör auf, ich wusste es doch schon immer, dass du nur so tust als ob?"

Ich: "Häh, wovon redest du überhaupt? Ich versteh kein Wort. Bloß weil ich in diesen kacklangweiligen Wal-Film nicht reingehen will."

Annegret: "Kacklangweilig? Gar nicht. Die haben da mit diesen Super-Großbild-Kameras gearbeitet in Mega High Definition. Da werden alle Tiere aus nächster Nähe gefilmt."

Ich: "Mir doch egal."

Caroline: "Jetzt sei nicht so bockig. Wie wäre es denn mit der Verfilmung des Romans "Herz auf, die Gefühle kommen", von Lilamunde Pichler. Da geht es um einen abgehalfterten Schlagersänger, der auf Sylt eine neue Liebe erfährt und dann mit seiner Frau und allen Freunden nach Dover fährt."

Wolli und ich: "Würg...kotz..."

Caroline: "Also bitte, ja."

Ich: "Ich würde gerne in den neuen Animationsfilm reingehen."

Wolli: "Echt jetzt? Du bist ja völlig degeneriert. Wie alt bist du eigentlich?"

Caroline: "Da muss ich Wolli irgendwie zustimmen. Du musst doch mal Erwachsen werden."

Annegret: "Ja, du Baby."

Hilfe, alles ist gegen mich. Keiner will mich verstehen. Keiner. Hätten wir es doch 10 Jahre früher. Dann stünde ich jetzt hier mit meinen Kindern, würde unheimlich viel Geld ausgeben und müsste anschließend noch Juniortüten kaufen. Aber ich würde den Film sehen.

Ich: "Wenn ihr mit mir in den Film geht, gebe ich danach noch ein Bier aus."

Wolli: "Wer in diesen Film geht, darf gar kein Bier trinken."

Ich: "Oder wir gehen anschließend noch nach McDonald´s!?"

Annegret: "Wir hatten doch schon Pizza."

Ich sag´s ja immer. Früher war alles irgendwie einfacher.

PÄRCHENBILDUNG

Die Art und Weise wie heutzutage junge Leute sich finden und Partnerschaften bilden, finde ich seltsam. Gibt es Partnerschaften, so wie wir das von früher kennen, überhaupt noch? Ich blicke da nicht durch. Die wuseln ständig irgendwie in der Gegend rum. Wenn Ferien sind werden abends sämtliche Plätze auf der Fußgängerzone besetzt. Dort werden dann diese Jugendgetränke verzehrt und es wird "spökes" gemacht.

Viel Geld haben sie wahrscheinlich nicht zur Verfügung. Und dann trifft man sich halt an diesen neuralgischen Punkten. Tut mir irgendwie leid. Man denkt immer, wissen die denn gar nix mit sich anzufangen? Das stimmt natürlich so nicht.

Tja, und was ist mit der Pärchen-Bildung? Also, ich meine jetzt nicht den Mathe-Unterricht für Paare. Sondern Liebesbeziehungen zwischen den Jugendlichen. Keine Ahnung. Kann ich nicht erkennen. Muss ich ja auch nicht.

Gut, ich will jetzt nicht auf alte Verhaltensmuster von früher zurückkommen. Da wo der junge Mann mit Blumen für die Mutter der Angebeteten vor der Haustür aufkreuzt und seine Aufwartung macht. Aber wie läuft das denn heute? Zu meiner Zeit war das anders.

"Willst du mit mir gehen?", war die übliche Antragsformel und nicht selten gab es darauf ein "Wohin?". Natürlich Eis essen oder ins Kino. Dort ging man dann voller Stolz mit seiner neuen Freundin, und den neuen Karotten-Jeans, hin. Man schaute sich "Flash-Gordon" an. Die Mädels sprachen anschließend ihre entsetzten Mütter darauf an, mal mit ihnen zum Frauenarzt zu gehen. Und irgendwann hatte man dann endlich den ersten Sex. Verkrampften, voll uncoolen, peinlichen Sex.

Heutzutage ist man da bestimmt viel lockerer drauf. Die Jugendlichen wissen eh schon seit dem Kindergarten worum es geht. Die würden sicherlich den Eltern noch etwas über DAS Thema erklären, wenn diese Fragen dazu hätten. Offensichtlich haben die jungen Leute von heute bis zu ihrem 18. Lebensjahr schon alles kennengelernt was es gibt. Alles, wofür wir Jahrzehnte benötigt hatten. Daher haben die sich jetzt auch nichts mehr zu sagen, sitzen auf den Parkbänken rum und schauen auf ihre Handys.

Man denkt ja immer von sich, man wäre im Geiste jung geblieben. Die Gedanken, die man in jungen Jahren hatte, werden ja nicht schlecht im Laufe der Zeit. Die haben kein Verfallsdatum. Sie verändern sich bedingt durch gesammelte Erfahrungen. Wie denkt man denn so mit fünfzig? Irgendwie bin ich doch immer noch 18. Auf jeden Fall dachte ich das, bis zu dem Moment, an dem ein junges Mädchen mir unaufgefordert ihren Sitz in der Straßenbahn anbietet und zu mir sagt: "Bitte schön, damit Sie sich hinsetzen können."

„He, ich bin doch einer von euch!?" - "Nein, sind Sie nicht – Alder."

Aber möchte ich wirklich noch dazugehören? In der heutigen Zeit? Nochmal so jung sein und mit den Teenies auf der Straße rumhängen und Chat-Nachrichten checken?

Die sind ja auch nicht alle so. Sehr viele junge Menschen gehen studieren und haben sich einiges im Leben vorgenommen. Wollen Karriere machen. Haben super Noten, starten durch und bekommen dann die Manager-Posten, nach denen sie gestrebt haben. Aber wofür? Um sich dann den Regeln des modernen globalisierten Kapitalismusses zu unterwerfen?

Tja, wie auch immer. Die Jugend von heute hat es sicherlich nicht leicht. Ist sie nicht drum zu beneiden. Und als Elternteil ist man heilfroh wenn die eigenen Kinder einfach nur gesund und munter sind. Wenn sie eine Persönlichkeit entwickeln, Träume haben und diesen nachgehen. Dann kann ja schon nichts mehr schiefgehen, auch nicht mit der Pärchen-Bildung.

So, mein Handy hat mich gerade auf den nächsten Termin hingewiesen. Außerdem haben sich drei Freunde im Chat gemeldet und ich muss dringend was posten. Hah, soll noch mal einer sagen ich würde nicht dazugehören.

DIE MARKISE

Ich gebe ja zu, Gartenarbeit ist grundsätzlich nicht meine Sache. Das war es nie. Ich kann es nicht verstehen, wie man sich jeden Samstag im eigenen Garten die Finger blutig arbeiten kann. Die Zeit könnte man doch viel besser nutzen, zum Beispiel bei einem spannenden Film, einer neu erworbenen Langspielplatte oder einem guten Buch. Oder bei der Bundesligakonferenz in der Lokalität seines Vertrauens.

Ab und zu lassen sich gewisse Aktivitäten jedoch partout nicht vermeiden. Caroline und ich sind Besitzer einer Terrasse und keines Gartens und auf eben jener Terrasse ist Caroline für die Bepflanzung und Dekoration zuständig. Doch die Markise, welche schon gefühlte 80 Jahre auf dem Buckel hat, musste ersetzt werden. Irgendwann war der Schimmelgeruch durch die Stockflecke einfach nicht mehr zu ertragen.

"DAS ist deine Arbeit, mein Lieber!", schwadronierte Caroline durch unseren Außenbereich. "Das Ding muss weg."

"Aber Markisen sind so spießig!", versuchte ich der Arbeit zu entgehen. "Und kosten sau viel Geld."

"Das ist Quatsch! Die gibt's im Baumarkt super günstig. Man muss es halt selbst machen. Und spießig hin oder her, für andere Lösungen fehlt uns das Geld. Wir brauchen was zum Schutz vor der Sonne. Die steht hier den ganzen Tag drauf."

So! Diskussion beendet. Ich nahm mir vor, dass Notwendige mit dem Angenehmen zu verbinden und wollte Caroline damit an unserem Hochzeitstag überraschen. Erst mal Gras drüber wachsen lassen, bis sie nicht mehr daran denkt. So wie ich das immer mache, wenn Caroline neue Renovierungsideen hat.

Der Plan war schnell ausgeheckt. Ich sorgte dafür, dass ausgerechnet an dem Jubiläums-Samstag die Frauentruppe von Caroline die lange geplante Fahrrad-Tour ansetzte. Als nächstes verpflichtete ich einen Kumpel, der mit mir an diesem Tag zum Baumarkt fährt und die neue Markise kauft. Die Markise war vier Meter lang. Für den Transport hatte ich ja Vaters Spezial-Dachgepäckträger. Ein altes Teil aus den 70ern. Sah klapprig aus. Aber dieser alte Dachgepäckträger hatte schon mitgeholfen, dass komplette Haus meiner Eltern zu bauen. Das Ding war quasi der Herkules unter den Dachgepäckträgern. Dachte ich.

Das wird eine tolle Überraschung für Caroline und ich werde das total romantisch gestalten. Wenn sie dann abends mit ihren Freundinnen von der Radtour kommt und sieht, was für eine Mühe ich mir gegeben habe, wird sie total gerührt sein. In diesem Moment folgt dann meine Beteuerung, wie sehr ich sie liebe. Alle werden eine Träne verdrücken und anschließend geben wir uns die Kante. Ich gucke echt zu viele amerikanische Filme. Aber manchmal bin ich in so einer romantischen Stimmung. Na ja, das änderte sich bald wieder.

Der besagte Tag kam. Caroline hatte von all dem keine Ahnung. Die anderen waren eingeweiht. Die Frauentruppe, wehe wenn sie losgelassen, fuhr in aller Frühe los. Die ersten Prosecco-Flaschen standen schon leer beim Altglas. Nachdem Caroline weg war, montierte ich den Spezial-Dachgepäckträger auf dem Dach meines Autos. Danach holte ich, wie verabredet, meinen Kumpel Michael ab. Er stand völlig verschlafen an der Wohnungstür.

"Was willst du denn hier? Mitten in der Nacht."

"Ähh, wir wollten doch heute die Markise..."

"Was für ne Markise?"

"Na die Markise! Bei uns auf der Terrasse. Jubiläums-Überraschung für Caroline!"

"Ach du Scheiße. Das hab ich ja völlig vergessen. Sorry. Bin erst um vier Uhr im Bett gewesen. Hab nen dicken Schädel."

"Was soll das heißen?"

"Außerdem muss ich nachher noch zur Arbeit. Die haben mich gestern angewiesen zu kommen. Machen Inventur. Wenn ich da nicht erscheine, kann ich mir die Papiere holen."

"Na toll. Du bist mir ja vielleicht ne Pappnase. Hast Du eine Ahnung, was ich hier in Bewegung gesetzt habe?"

"Kann ich mir denken. Eyh, tut mir wirklich leid."

"Aber ich bin doch in romantischer Stimmung. Caroline wird hin und weg sein."

"Wegen einer dämlichen Markise?"

"Also ich hab dich jetzt nicht um dein Urteil gebeten. Aber ja. Und das vor den anderen. Und anschließend werden wir eine heiße Nacht haben."

"Da glaubst du doch nicht ernsthaft dran. Außerdem ist Essen der Sex im Alter, you know?"

"Blöde Witze bringen mich jetzt auch nicht weiter."

"Frag doch Winfried."

"Der ist auf den Bahamas. Der hat mit seiner Arzt-Praxis mal wieder riesig abgesahnt bei den Pharma-Typen."

"Was ist mit Ossi?"

"Der hat sich letztens den Fuß verstaucht."

Michael brachte nochmals sein Bedauern zum Ausdruck und verkroch sich dann wieder ins Bett. Dann muss ich das alleine hinkriegen. Ab zum Baumarkt. In die Markisen-Abteilung. Kein Mitarbeiter in Sicht. Wo ist die Info? Gut, dass da 10 Leute vor stehen mit 1000 Fragen. Mist.

Irgendwann bekam ich dann endlich jemanden zu packen. Er half mir sogar, das Teil auf den Gepäckträger zu schnallen.

"Der sieht aber nicht gerade vertrauenswürdig aus. 50 Kilo wiegt die Markise bestimmt."

"Dieser Gepäckträger hat schon 5 Säcke Zement gleichzeitig gestemmt!"

"Wenn sie meinen. Mir doch wurscht."

Ich fuhr langsam los. Schön langsam. Immer den bangen Blick durch das gläserne Schiebedach auf meine schwere Fracht. Ich rollte die Einfahrt vom Baumarkt raus und bog in die Straße ein. Durch die

Bodenwelle kam die Ladung in Wallung. Geräusche, die ich nicht unbedingt hören wollte, tönten vom Dach. Aber alles gut.

Langsam fuhr ich die Straßen lang. Die hinter mir langschleichenden Autofahrer waren genervt. Hupkonzert.

"Eyh, du Affe! Musst du sowas mitten im dicksten Samstags-Verkehr machen?!"

"Mach dich vom Acker, du Idiot!"

Dies waren noch einige der freundlicheren Bemerkungen. Von weitem sah ich schon den Bahnübergang. Ein ziemlich großer Huckel. Ich fuhr im Schneckentempo über die Eisenbahnschwellen. Beim Überqueren passierte es dann. Der Wagen ging beim runterfahren kurz in die Knie und der Gepäckträger brach zusammen. Rrrrummmmmsssss.

Ich parkte den Wagen am Straßenrand und betrachtete den Schaden. So ein verdammter Mist. Ich rief Michael an.

"Hi, der Dachgepäckträger ist zusammengekracht. Ich brauch dringend Hilfe. Stehe hier mitten in der Walachei."

"Also schön, ich rufe auf der Arbeit an und sage, dass ich nicht komme. Das kriege ich schon irgendwie gedreht mit denen. Ich hole dich mit meinem Kombi ab."

Er kam, wir luden das Ding in den Kombi. Der Rest der Aktion ist schnell erklärt. Michael verletzte sich beim Montieren die Hand. Fast hätte er einen Finger verloren. Tierische Schmerzen. Kurzer

Besuch in der Notaufnahme im Krankenhaus. Beschwerden der Nachbarn, weil wir Samstagmittags so laut waren. Ein kaputter Gartentisch und eine zerfetzte Garten-Lounge-Couch, weil die komplette Markise darauf gefallen ist. Ich hätte mir fast den Fuß gebrochen als ich von der Leiter gefallen bin. Habe mir lediglich meine Kniescheibe geprellt, was, wie ich feststellen musste, mit höllischen Schmerzen verbunden ist. Ich sah Sterne! Wie in einem Comic-Buch.

Ich war total genervt und super sauer. Michael und ich kriegten uns in die Haare.

"Mann, Manuel. Du mit deiner blöden Markise. Wäre ich mal zur Arbeit gefahren. Ich krieg da jetzt richtig Ärger."

"Ja meinst du, ich mache das absichtlich hier. Du hattest mir zugesagt zu helfen."

Am Abend saß ich dann mit Michael völlig entnervt, frustriert und erledigt auf der kaputten Terrassen-Couch. Dann kamen die Mädels. In mir erwachte spontan die romantische Stimmung, die mich zu dieser Tat getrieben hat. Bei dem Gedanken, gleich vor allen anderen meinen Liebesspruch an Caroline zu richten, zitterte mir ein wenig das dicke Knie. Oder es zitterte aufgrund des vermuteten Bänderrisses.

Caroline und die anderen kamen auf die Terrasse, ich humpelte ihr voller Stolz entgegen und wartete verheißungsvoll auf eine an-erkennende Reaktion.

"Na, was sagst du zu unserer neuen Markise? Hättest du nicht gedacht, dass ich das ohne dein Wissen in die Hand nehme und durchziehe? Was?"

"Rot? In Rot? Wieso kaufst du eine Markise in Rot? Du weißt doch genau, wie ich rot hasse. Und außerdem passt das überhaupt nicht zu unseren Gartenmöbeln. Echt jetzt, Manuel. Was hast du dir dabei gedacht?"

Michael war nicht in der Lage in sich hinein zu lachen. Er prustete los wie Tom Hanks in 'Geschenk ist noch zu teuer'.

"Wir lassen euch dann jetzt mal alleine", und beim Rausgehen flüsterte er mir zu: "Viel Spaß bei der bevorstehenden heißen Nacht."

RÜCKKOPPLUNG

Jedes Mal, wenn in einem Film oder einer Fernsehserie jemand auf eine Bühne tritt und in ein Mikrofon sprechen will, pfeift dieses kurz aufgrund einer kleinen Rückkopplung. Ich glaube sogar, dass das Geräusch für diese Rückkopplung immer genau dasselbe ist. Seit mindestens 30 Jahren. Wahrscheinlich wird es an alle Filmproduktionen verliehen und die Toningenieure müssen es nach Verwendung wieder zurückgeben.

Das ist doch bescheuert! Wir sehen doch, dass jetzt jemand zum Mikrofon geht und etwas sagen will. Das Geräusch ist nicht nötig um uns darauf hinzuweisen. Das wäre genau so, als würde man bei einer Komödie jedes Mal vor einem Gag einen der Filmcrew auf den Bildschirm schicken, damit der uns auf die nächste lustige Situation aufmerksam macht.

Überhaupt verzweifle ich oft an diesen immer wieder kehrenden Situationen im Film. Will ein Bösewicht den netten Hauptdarsteller erschießen, hält dieser zunächst eine stundenlange Rede, in der er vermutlich auch noch all seine Schandtaten ausplaudert. So lange, bis endlich ein edler Retter kommt und ihn überwältigt. Als würde man die Nachspielzeit eines Fußballspieles so lange ausdehnen, bis der FC Bayern endlich sein Siegtor geschossen hat.

Manchmal wiederum wird dann im Film, aus nicht nachvollziehbaren Gründen, zu wenig geredet. An Stellen, wo die Protagonisten sich hätten aussprechen können. Dann wäre die Situation geklärt. Tun sie aber nicht. Dadurch entstehen dann im Film eine Reihe von dramatischen Handlungen. Ja, ganze Filme bauen darauf auf.

Interessant wie die filmischen Klischees irgendwelchen Trends unterliegen oder auch dem Zeitgeist unterstellt sind. Es muss so in den 90ern angefangen haben. Da war es in deutschen Fernsehproduktionen so üblich, dass die Protagonisten plötzlich alle flüstern mussten. Ja, sogar nuscheln. Das sollte cool und gleichzeitig authentisch sein. Das war in 80ern noch anders. Da wurde geschrien, laut und deutlich. Siehe "Der Fahnder" oder "Schimanski".

Ich denke, dass die Verwendung von Klischees eine ähnliche Auswirkung hat wie Fett für eine Mahlzeit: es ist wie ein Geschmacksverstärker und macht die Kost genehmer. Obwohl man diese oder jene Szene noch nie gesehen hat, kommt sie einem irgendwie vertraut vor.

Es stellt sich mir die Frage, was macht denn einen guten Film aus? Gibt es dafür Handbücher? Die Beurteilung ist nicht nur rein subjektiv. Ist die Handlung nachvollziehbar und inhaltlich schlüssig? Sind die Charaktere gut umgesetzt und haben sie eine gute Leinwand-Präsenz? Und noch viel mehr…

Für mich ist ein Film dann sehenswert, wenn dieser in mir Gefühle geweckt hat. Also jetzt nicht Hunger oder so. Eher Gefühle wie melancholische Stimmungen, gute Laune oder vielleicht sogar Wut. Ein guter Film lässt mich auch nach dem Ende nicht direkt los. Dabei ist mir das Genre, in dem sich der Film bewegt, nicht so wichtig. Außer, es handelt sich um das Genre der "pfeifenden Mikrofone".

SYNCHRONISATION

Wie muss das eigentlich für eine Frau sein, mit einem Mann zusammen zu leben, der Synchronsprecher ist. Zum Beispiel, wenn der Ehemann die Stimme von Robert de Niro hätte.

"Schatz, hier ist schon wieder kein Klopapier!"

"Kannst du nicht einmal selbst darauf achten, Ehemann!"

"DU laberst MICH an?"

Bei der Stimme von Arnold Schwarzenegger haben wir eine andere Situation. Er synchronisiert sich ja selber. Ergo ist die Ehefrau des Sprechers von Arnie auch die Ehefrau von Arnie selbst.

"Arnie, du kleines Schnuckelchen, wo gehst du hin?"

"Gehe ein paar Eier einkaufen."

"Uuund? Hast du nicht was vergessen?", grinst die Ehefrau.

"Ich komme wieder!", sagt Arnie augenrollender Weise.

Im Umkehrschluss wird es wahrscheinlich ziemlich langweilig für eine Ehefrau sein, einen Film zu sehen mit der Stimme ihres Ehemannes. "Wir brauchen zwei Scharfschützen oben auf dem Dach, drei dort hinter der Mauer, zwei im Auto und weitere fünf in der ersten Etage des Gebäudes da drüben. Los, los, los!"

Gähn.

Ich kenne keine berühmten Aussprüche von Frauen in Hollywood-Streifen. Sicher, es gab sehr viele, sehr gut besetzte Frauenrollen mit tollen Schauspielerinnen. Aber sowas wie "Hasta la Vista, Baby" kenne ich von Frauen nicht. Nehme da gerne Anregungen entgegen. Gut, jetzt sind Frauen nicht oft in Prügel-Rollen zu sehen, außer bei Tomb Raider. Aber selbst da ist kein verwertbarer Spruch hängen geblieben.

Auch so coole Sprüche wie: "Mir fehlt es vielleicht an Mitgefühl oder Erbarmen, nicht an Vernunft", durch Uma Thurman in Kill Bill sind kaum groß rausgekommen. Obwohl es ein Spruch ist der durchaus philosophisches Potenzial hat. Der nicht so banal ist wie "Jippi ya yeah, Schweinebacke". Aber Schweinebacke haben sich alle gemerkt. War vielleicht gerade Grill-Saison.

Die einzigen Ausdrücke, die man als berühmte Zitate aus Frauenrollen kennt, sind Schreie. Wenn zum Beispiel mal wieder jemand beim Duschen mit einem großen Messer vorbeischaut, oder Goldie Hawn wie ein Vogel am Drahtseil hängt.

Ich muss zugeben, dass es ein lange gehegter Traum von mir gewesen ist, Synchronsprecher zu sein. Habe mich aber nie getraut, da meine Stimme auf Band furchtbar klingt, denke ich. Außerdem war das nicht mein einziger Traum. Als Kind wollte ich immer Supermann, Batman oder Flash Gordon werden. Saver of the Universe!

Hauptsächlich wollte ich natürlich schöne Frauen aus Notsituationen retten. Diese lägen dann in meinen muskelbepackten Armen und würden so etwas hauchen wie: "Du bist mein Retter. Wie kann ich dir nur danken?"

Da hätte ich natürlich ganz konkrete Vorstellungen. Aber wenn ich dann etwas mit meiner Kassettenrekorder-Stimme sagen würde? Außerdem hatte ich schon immer ein Problem damit, in emotionalen Situationen die richtigen Worte zu finden. Ich würde wahrscheinlich sowas sagen wie:

"Mal nen Kaffee?", oder ähnlichen Blödsinn.

Ob Synchronsprecher es leichter haben, Frauen zu beeindrucken? Keine Ahnung. Vielleicht sollte ich lieber beim Gitarre-Spielen bleiben.

ENTSCHLEUNIGUNG

Den ganzen Tag schon laufen die Medien heiß. Etwas Furchtbares ist durch investigative Journalisten ans Tageslicht gekommen. Über Wikileaks ist verbreitet worden, dass das Bundesverteidigungsministerium in einen handfesten Skandal verwickelt ist. Angeblich wurde ein neuer Kampfstoff in der Realität getestet. Und das schon vor einem Jahr. Jetzt kam es erst heraus. Durch rasende Reporter. Der Kampfstoff soll angeblich das Bewusstsein der Opfer beeinflussen. Diese sollen dadurch eine demütige Haltung zu allem bekommen und sich von Raubkatzen in kleine Kätzchen verwandeln. Man will damit feindliche Soldaten im Kampfeinsatz besprühen und dann schachmatt setzen. Genau dieses Gas soll also nun vor einem Jahr über einer größeren Stadt versprüht worden sein und zu heillosem Chaos geführt haben. Menschen wurden nicht verletzt. Also ich muss sagen, das ist alles ganz anders gewesen. Ich war nämlich dabei.

*

Es war an einem sehr sonnigen Samstagvormittag vor einem Jahr. Ich bin mit der Straßenbahn in die nächstgelegene größere Stadt zum Einkaufen gefahren. Wie immer an solchen Tagen war da ganz schön was los. Mit Klamotten einkaufen halte ich mich in der Regel nicht lange auf. Hose, gucken, passt, kaufen. Ebenso mit T-Shirts, Schuhen oder Hemden. Nur mit Jacken habe ich eigenartigerweise immer Probleme. Komisch. Aber ich schweife ab. Um kurz vor 12 ging ich dann zur Straßenbahn-Haltestelle. Diese befand sich gegenüber der Fußgängerzone. Straßenbahn kommt, ich steige vorne ein. Muss mir noch eine Karte beim Fahrer kaufen. Hinter mir gehen direkt die Türen zu und die Bahn fährt schon mal los. Es ist alles halt sehr hektisch heute Morgen. Alles muss schnell gehen. Die Straßenbahn fährt an dieser Stelle eine Linkskurve. Genau in dem Moment, als die Bahn sich mitten auf der Kreuzung befindet, bleibt diese stehen. Ich glaube, das war meine Schuld.

Ich hatte dem Fahrer einen 50 Euro-Schein hingelegt für die Fahrkarte, die ja nur 2,10 Euro kostet. Darüber war er so erbost, dass er voll in die Eisen stieg. Es war ihm auch völlig egal, dass nun keiner mehr weiterfahren konnte. Es kam kein Auto mehr an der Straßenbahn vorbei.

"Das ist jetzt schon das dritte Mal heute, dass mir so ein Idiot hier einen Fuffi hinlegt. Trefft ihr euch eigentlich alle dauernd um euch was auszudenken, wie ihr mir auf den Sack gehen könnt."

Die Worte des Straßenbahn-Fahrers fand ich jetzt ein wenig übertrieben. Außerdem muss das ja jetzt nicht direkt die ganze Welt mitkriegen. "Warum geht das nicht in euren Schädel rein, dass man zum Bahnfahren passendes Kleingeld bereithalten muss!"

Draußen fing es nicht an zu regnen, sondern zu hupen. Ein regelrechtes Konzert war das.

Und genau in diesem Moment, so wird es mir ob der heutigen Medienberichte bewusst, muss es passiert sein. Ich hörte einen dumpfen, nicht sehr lauten Knall. Dieser kam offensichtlich von oben. Danach wurde es, eigenartiger Weise, ganz kurz etwas nebelig. Diese leichten Rauchschwaden verschwanden aber sofort wieder. Damals konnte ich es mir nicht erklären. Heute weiß ich es endlich. Das Bundesverteidigungsministerium hatte seine Test-Bombe gezündet. Ich war für ein oder zwei Sekunden irgendwie weggetreten. Offensichtlich die anderen Insassen der Bahn auch. Viele rieben sich die Augen. Sonst war eigentlich nix. Eigentlich! Ich dachte noch, was muss ich mir vom Fahrer noch alles anhören.

*

"Verehrter Herr, es tut mir außerordentlich leid das ich Sie in dieser Art und Weise kompromittiert habe."

"Es ist doch nicht so schlimm. Sie machen doch auch nur ihren Dienst."

"Das stimmt schon. Aber wenn man schon so lange dabei ist wie ich, ist man in diesem Job oft vielen Dingen nervlich nicht mehr so gut gewachsen."

"Das kann ich mir vorstellen. Immerhin haben Sie es täglich mit den unterschiedlichsten Menschen zu tun. Da sind sicherlich nicht immer nette Leute dabei."

"Können Sie laut sagen. Aber nochmal wegen dem Fünfzig-Euro-Schein. Ich darf diesen nicht entgegennehmen. Ist eine Order von oben. Und das, obwohl ich genug Wechselgeld hier hätte."

"Oh je" ein anderer Mitfahrender, der neben mir stand (die Bahn war übrigens randvoll), meldete sich zu Wort: "Da stehen Sie sicherlich oft in der Zwickmühle zwischen helfen wollen und den Regeln?"

"Ja. Aber man tut, was man kann."

Andere gaben auch ihr Verständnis kund. Schnell kam man überein, dass hier eventuell die Regeln neu überdacht werden müssten. Wir fingen gemeinsam an über mögliche Lösungen zu diskutieren. Dabei fiel mir nicht auf, dass das Hupkonzert aufgehört hatte.

Leute stiegen aus ihren Autos aus und fingen spontan an, sich zu unterhalten.

"Hallo. Können Sie mir freundlicherweise sagen, warum wir nicht weiterfahren können?"

"Tut leid. Bin neu in Deutscheland. Gehört dies zu deinem Brauch hier Samstagmittag?"

"Guter Mann, dass konnte ich natürlich nicht wissen. Nein, nein. Das gehört nicht zu deutschen Gebräuchen. Vielleicht weiß die Frau dort drüben mehr."

Sie wusste es nicht, aber es entstand eine sehr interessante Unterhaltung in der es um private Aktivitäten, nationale Gebräuche und gutes Essen ging. Immer mehr Menschen taten ähnliches. Die Straßen waren komplett dicht mit Autos. Alle stiegen nach und nach aus und fingen an sich zu unterhalten. Auch in den umliegenden Häusern machte sich immer mehr eine tiefenentspannte Haltung breit.

"Wissen Sie, ich mache diesen Job jetzt schon seit 20 Jahren." sagte der Straßenbahnfahrer "Und ich habe es immer gerne gemacht. Aber irgendwie werden die Zeiten immer schwieriger."

"Ich weiß genau, was Sie meinen."

Die Zustimmung kam von weiter hinten aus der Bahn von einer Frau mittleren Alters. "Ich habe in meinem Job auch immer eine Berufung gesehen, aber ich glaube mit der zunehmenden Globalisierung wird alles irgendwie unpersönlicher und gehetzter."

"Ja genau. Man sollte sich vielmehr Zeit für alles nehmen."

Allgemeines Kopfnicken.

*

Auch auf der Fußgängerzone wandelte sich die erste Ratlosigkeit wegen der spontanen Zusammenkunft schnell in Entspanntheit.

"Darf ich fragen, was Sie in diese missliche Lage gebracht hat?", sprach der nette junge Mann den Landstreicher an, der mit seinem gesamten Hab und Gut, bestehend aus 3 Aldi-Tüten mit alten Klamotten, einer Decke und einem Hund, vor dem Feinkostgeschäft saß.

"Sie kontrollieren Deine Gedanken. Sie sind überall und wissen alles über dich", zitterte er.

"Ach herrje, Sie Ärmster. Hier, ich hab einen Kaffee für Sie geholt."

Der Vagabund trank den Kaffee. Eine Frau im Business-Minirock-Outfit setzte sich auf ihre Aktentasche neben den armen Mann und griff nach seiner Hand. "Bitte erzählen Sie uns, wie es passiert ist. Vielleicht können wir ja helfen."

Bei mir in der Straßenbahn wurden die ersten Rotweinflaschen aus den Einkaufstaschen geholt und mit Plastikbechern an alle verteilt. Manche hatten ein paar leckere Sachen vom Bäcker mit dabei.

Auf den verstopften Straßen trafen sich immer mehr Menschen und es wurden immer mehr Freundschaften geschlossen. Ein paar der angrenzenden Restaurants fingen an, Tische auf den Straßen aufzubauen. Diese wurden mit einem netten Tischtuch und passenden Servietten hübsch gedeckt. "Unser Gericht des Tages ist heute Spaghetti dello Chef mit der kleinen geheimen Zutat!" Lobpreiste Luigi aus der Pizzeria "Vesuvo" sein kleines Restaurant.

*

Fatih, der Besitzer eines kleinen Ladens für jugendliche Mode, wollte eigentlich gerade seinen Laden schließen. Er wollte mit Gülen, seiner Freundin, heute noch ins Kino. Da trat noch ein junger Mann mit Springerstiefel und Glatze in seinen Laden. Normalerweise würde Fatih diesen direkt bitten zu gehen, da er sich an seine Öffnungszeiten hält.

"Hallo, ich möchte eigentlich gleich zu machen!"

"Oh, das tut mir leid. Ich wollte wirklich nicht stören. Ich habe heute Abend noch ein wichtiges Treffen mit meinen Kumpels und da wollte ich schnell noch was Neues zum Anziehen haben."

"Ist schon OK. Komm rein. Was darf es denn sein?"

"Na ja, mir geht seit 10 Minuten nicht mehr aus dem Kopf, dass ich schon lange nichts mehr in lila, orange oder hellblau hatte. Immer nur schwarz oder grün."

"Erst seit 10 Minuten? Ich finde, das würde dir hervorragend stehen. Das du da noch nicht eher drauf gekommen bist."

"Keine Ahnung. War die letzten Jahre immer voll agro unterwegs. Ich weiß gar nicht mehr, wieso."

"Das musst Du mir erzählen. Ich mach uns einen Tee dabei, ok?"

"Jo, klasse."

*

Bei mir in der Bahn wurde es langsam so richtig gemütlich. Irgendjemand hatte ein Lied angestimmt. Alle sangen jetzt.

Der Landstreicher befand sich in bester Gesellschaft. Die Menschen um ihn herum interessierten sich sehr für sein Schicksal und nahmen Anteil daran. Die wirren Gedanken in seinem Kopf verschwanden auch nach und nach. Somit war er dann in der Lage, seinen Werdegang zu schildern. Es stellte sich heraus, dass er mal Polier gewesen ist. Ständig unterwegs auf irgendwelchen Baustellen. Er hatte immer eine große Verantwortung für seine Leute. Viele Überstunden und immer diese Hetze von einer Baustelle zur nächsten. Da kam es irgendwann mal zu einer Katastrophe und er war indirekt am Unfall eines Kollegen beteiligt. Daraufhin wurde er, trotz fast 30-jähriger Arbeit in dieser Firma, entlassen. Er fand auch keine neue Stelle mehr. Überall, so kam es ihm vor, war er plötzlich Persona-non-grata. Und etwas Anderes konnte er nicht. Depressionen machten sich breit. Diese wurden nicht behandelt. Irgendwann kam er nicht mehr klar und verfiel dem Alkohol.

"Wir werden dir helfen!", sagte der junge Mann neben ihm. Er bekam dafür Applaus von den anderen und Unterstützung.

*

Fatih saß mit Karl beim Tee in seinem Laden. Da rief seine Freundin Gülen an.

"Sach ma, Alder! Was geht ab? Wo bleibst du?", Gülen befand sich nicht im Einzugsgebiet der Bio-Bombe. "Isch wart hier schon stundenlang. Immer dat Gleiche mit dir!"

"Aber Schatz, sei mir bitte nicht böse. Ich unterhalte mich gerade hier so nett. Karl erzählt mir alles über sein Leben und so. Ich finde das sehr interessant."

"Sach ma, Alder. Bist du schwul, oder was? Schwing endlich deinen Arsch hier her!"

"Du Karl, ich muss jetzt leider gehen. War unheimlich nett dich kennengelernt zu haben. Du hast ja jetzt meine Telefonnummer. Ruf mal an. Würde mich sehr freuen."

"Das mach ich gern. Du bist ein feiner Kerl. Und deine Freundin scheint auch nett zu sein. Sag ihr bitte, dass ich schuld an deiner Verspätung bin und bestell schöne Grüße."

Auf den Straßen war man mittlerweile schon bei der Nachspeise angekommen. Danach wurde es dann Zeit für das erste Bier. War ja schließlich auch schon nach vier Uhr. Also so 16:05 Uhr.

Tja, irgendwann hat natürlich auch mal der schönste Tag ein Ende. Ich konnte den 50 Euro-Schein bei einem anderen Fahrgast wechseln. Der Straßenbahnfahrer bedankte sich herzlich bei mir und war froh, dass er seine Vorschriften nicht umgehen musste. Nachdem jeder mit wirklich jedem die Telefonnummer ausgetauscht hatte, setzte sich dann die Straßenbahn gegen 20 Uhr langsam in Bewegung. Die Tische wurden gemeinsam von allen von den Straßen entfernt. Die Autos konnten weiterfahren und die Verstopfung der Innenstadt löste sich langsam auf. Die Fußgängerzone wurde auch langsam leerer und Hans, der Landstreicher, wurde von ein paar Leuten mitgenommen. Diese kümmerten sich zunächst darum, dass er eine Bleibe für die Nacht bekam.

*

Heute in den Medien wird dieser Tag als unglaublicher Skandal dargestellt. Köpfe müssen rollen! Eine Hetzjagd. Die Politiker schieben sich gegenseitig die Schuld zu. Warum eigentlich? Ich kann es mir denken. Damals, zwei Tage nach dem Vorfall konnte ich in der Zeitung in einem kleinen Randartikel lesen, dass an diesem Samstag ab 12 Uhr bis Ladenschluss nicht ein einziges Geschäft auch nur einen Euro Umsatz gemacht hatte. Eine wirklich furchtbare Bio-Waffe!

WILLI

"Ich bin doch nur der schwule Freund, bei dem sich die Mädels ausheulen. Bloß um anschließend mit dem wortkargen, gehirnamputierten Neandertaler abzuhauen und sich nach Strich und Faden durchbürsten zu lassen!"

Willi regte sich tierisch auf. Das war zu einer Zeit, als er wie ein ausgehungerter Schakal durch das Nachtleben zog. Immer auf der Suche nach Kontakt mit dem weiblichen Geschlecht. Sprich: er hatte sowas von Sex auf der Stirn stehen. "Nach spätestens zwei Wochen sehe ich die dann wieder in der Location. Dann erzählen die mir wie schlecht diese Neandertaler sie behandelt haben."

Ich kann mich noch gut an die Zeiten erinnern als Willi durch die Gegend getigert ist. Er war damals knapp über 40, die Ehe war gerade in die Brüche gegangen und irgendwie versuchte er seine Ventile zu öffnen um endlich mal etwas von dem angestauten Dampf abzulassen. Das Zusammenleben mit seiner Ex geriet immer mehr zur Farce. Es funktionierte auf eine mechanische Weise. Aber wenn man sich so gar nichts mehr zu sagen hat, die Empfindungen völlig eingeschlafen sind und das Kribbeln sich in Grummeln verwandelt, fängt man an zu grübeln. Soll das bis zum Lebensende so weitergehen? Ich hab doch nur ein Leben, oder? Und als Willi merkte, dass er wirklich alle Frauen, die ihm begegneten, attraktiver fand, war dann irgendwann Schluss. Bemerkenswert war, dass seine Frau das genauso erlebte. Die fand nämlich auch irgendwann jede Frau attraktiver als ihn und lebt nun, nach einer kurzen Phase des Alleinseins, mit einer sehr attraktiven Sophie im Harz.

Allein, in seiner neuen Wohnung, hatte Willi nun das Gefühl Bäume ausreißen zu können. Er wollte malen, fotografieren, Leute kennenlernen, mal über seinen Job nachdenken und natürlich alles vögeln, was nicht bei drei auf den Bäumen war. Das kann man ihm jetzt nicht verübeln, hatte er doch eine mehrjährige Phase der Abstinenz hinter sich.

Ungefähr drei Monate nach seiner Trennung traf ich mich mit ihm in unserer Stammkneipe. Ich war natürlich gespannt auf seinen Junggesellen-Report. Das lag wahrscheinlich daran, dass meine Beziehung selber in den letzten Zügen lag und ich wissen wollte, wie es so ist, da draußen.

"Mach mal Meldung, Willi. Wie läuft´s an der Single-Front?"

"Nun ja, ich weiß gar nicht, wo ich anfangen soll."

"Malen, du wolltest doch malen..."

"Och Gott, ja. Malen. Hab mir zuerst mal so Zeugs gekauft. Leinwand, Farben, Pinsel und so weiter."

"Das kriegt man ja mittlerweile überall."

"Ja, ist auch gar nicht teuer. Aber nachdem ich die ersten Gehversuche gemacht habe, hatte ich keinen Bock mehr."

Hier muss ich einwerfen das ich mir bereits ein paar seiner Erstlings-Werke angeschaut hatte und ich muss sagen, dass es nicht gut war. Was noch die Untertreibung des Jahres war. Er kann es einfach nicht. Keine Technik, keine Aussage, keine Kunst oder so. Nichts. Da müsste man auch eigentlich sagen: ‚Ich will ehrlich sein zu Dir. Hör auf damit. Bevor noch jemand zu Schaden kommt. Und diese ganzen Motivations-Parolen wie: ‚Jeder kann es, man muss es nur wollen!‘ vergiss es. Das trifft auf dich nicht zu. Ich bin dein Freund. Vertrau mir.‘

"Jetzt kannst du wenigstens sagen: Ich habe es versucht!"

"Ja genau, schließlich hatte ich ja noch was in petto. Aber das mit der Laufbahn als abgehobener Fotograf kannste auch knicken. Mit meiner alten Ritsch-Ratsch-Klick-Kamera gibt das nichts. Und eine Fotoausrüstung mit Spiegelreflex kann ich mir nicht leisten. Da brauch ich mindestens 1000 Mark."

"Hmmmhhh, na ja, trau mich gar nicht zu Fragen: die Vögelei?"

"Reden wir lieber nicht drüber."

Tat er aber doch. Hätte ich mal nicht gefragt.

"Das ist doch alles total bescheuert. Gehste mit der eigenen Frau irgendwo hin, Fete oder Disco oder so, kommt es dir so vor als könntest Du alle haben. Die Frauen kommen auf dich zu. Quatschen dich an, tanzen mit dir. Biste alleine unterwegs wirst du gemieden. Als hättest du eine ansteckende Krankheit."

"Wahrscheinlich würde es mir auch so gehen. Aber, du könntest nur noch deutlicher signalisieren, dass du auf Sex-Entzug bist, wenn du es dir mit einem Edding auf die Stirn schreiben würdest. Ich habe mir mal sagen lassen, dass Frauen auf sowas nicht wirklich stehen."

"Ja, ja."

"Ja, ja heißt: leck mich!"

"Ich weiß, was du meinst. Aber ich habe noch keinen Weg gefunden das abzustellen. Außerdem bin ich der Meinung, dass die Frauen genauso heiß darauf sind. Können das nur besser kanalisieren."

"Ja, das glaube ich auch. Manchmal hab ich den Eindruck, dass Frauen ihren Sextrieb komplett auf null herunter fahren können."

"Ich sag dir, damit haben die uns was voraus und können mit uns machen, was die wollen."

Ist ja gut. Aber so ist das nun mal, wenn zwei Freunde sich über ihren Mangel an Sex unterhalten. Zumindest bei uns war das so. Immerhin hatte Willi in der kurzen Zeit wenigstens eines seiner Ziele erreicht und viele Leute kennengelernt.

Nachdem er sich dann noch hinlänglich über Single-Börsen ausgelassen hatte konnten wir endlich Billard spielen und ungezwungen über dies und das rumalbern.

Willi ist damals ganz schön rumgeeiert. Und diese romantische Vorstellung sein Leben als cooler Junggeselle einfach zu genießen, hatte er sich schnell abgeschminkt. Dafür war er einfach nicht geeignet. Umso schöner war es, dass es dann doch noch eine Frau bemerkt hatte, dass Willi auf den zweiten Blick ein netter und sympathischer Mensch mit Interesse an langfristigen Beziehungen ist. Der

Sex-Druck verschwand und seitdem sprechen ihn auch wieder fremde Frauen an.

BILDUNGSREISE

Wir schreiben das Jahr 786 nach Christus und befinden uns auf einer der Inseln der Steinschleuderer, der Balearen. Genauer gesagt, Mallorca. Die Mauren hatten sich hier, wie auch fast überall auf der Iberischen Halbinsel, häuslich niedergelassen und lebten hauptsächlich vom Fremdenverkehr. Das sollte sich auch nie mehr ändern.

Ein etwas in die Jahre gekommener Germane hatte eine Pauschalreise gebucht und kam zur heißesten Zeit, also im August, mit dem Schiff am Hafen von Alcudia an.

'Verdammt!' dachte er, weil er sich nur die warmen Kuhfell-Sachen eingepackt hatte. Schließlich war es ja seine erste Reise in den Süden und als er zu Hause losfuhr, waren es immerhin gerade 3 Grad unter null und es schneite. Es war Winter. Und bis man sich nach Mallorca durchgeschlagen und gebrandschatzt hatte vergingen halt ein paar Monate. Sein Name war Hagen.

Aziz, einer der Bediensteten des Hotels 'Zu den sieben Sarazenen', stand schon mit einem Erkennungsschild bereit, um Hagen abzuholen. Er hatte die erste Touristenattraktion für den Germanen parat. Er holte ihn mit einem 2-spännigen Streitwagen ab, den er einem römischen Legionär beim Mau-Mau-Spiel abgeluchst hatte.

"Frische Datteln?", bot der freundliche Aziz dem etwas knurrigen Ost-Goten an.

"Frische wat?", knurrte er. Aziz nahm ihm das nicht übel. Er kannte die Marotten von so manch einem Volksstamm.

"Ein Bier wäre mir jetzt lieber. Hab Durst. Sind auf der Überfahrt dreimal von Piraten angegriffen worden."

"Aber selbstverständlich, sie alter Barbar", lächelte Aziz und knuffte dem Germanen augenzwinkernd mit dem Ellenbogen leicht in den Bauch. Dann zog er ein Trinkhorn hervor, gefüllt mit frischer Cerveza. Der Eich-Strich auf dem Trinkhorn lag bei anderthalb Litern.

"Grrroßarrtig!", lobte Hagen den fast zwei Köpfe kleineren Mauren und nahm ihn aus Spaß in den Schwitzkasten. Nun machte man sich auf den Weg zum Hotel.

'Die sieben Sarazenen' war eins der größten Hotels im Ort und verfügte über mindestens 20 Apartment-Höhlen, direkt am Strand. Schön, wie man dauernd das Meer hörte. Und wenn man Glück hatte, konnte man dabei zusehen, wie mal wieder ein Piratenschiff über einen der Urlaubs-Kähne herfiel.

"Sieht es nicht wunderschön aus?", frohlockte Aziz. Mit solchen Bemerkungen kommt man natürlich bei so einem beinharten Typen nicht weit.

"Hmmmh...grummel...grummelganzschönwar mhierzuhausejetztangenehmkühl...grummel", brabbelte sich Hagen in seinen Bart. 'Er wird schon irgendwann auftauen.', dachte Aziz.

An der Rezeption wurde Hagen freundlich begrüßt. Wie das halt so üblich war.

"Señor. Willkommen bei den Sarazenen. Wir hoffen, Sie hatten eine stressfreie Reise und wünschen Ihnen einen erholsamen Urlaub", sagte Fatimah, die wunderschöne Frau an der Rezeption. "Bitte geben Sie für die Zeit Ihres Urlaubes Ihre Waffen hier ab."

Normalerweise würde Hagen niemals seine Waffen aus der Hand geben, aber er war so überwältigt von ihrer Schönheit, dass er ihr keinen Wunsch abschlagen konnte. Während er seinen Knüppel, seine Streitaxt und sein Schild auf den großen Haufen warf, stammelte er: "Boah, bist du hübsch. Heiraten?"

Die alten Germanen fackelten da nicht lange. Es kam instinktiv aus ihm heraus.

"Aber Señor Hagen! Wer wird denn gleich mit der Tür ins Haus fallen? Ohne vorher wenigstens einmal mit mir Essen gegangen zu sein? Ich muss Sie leider enttäuschen, ich bin schon einem der Sultans-Söhne versprochen. Und wir sind dort nur mit 17 Frauen.", erwiderte Fatimah.

Abfuhren konnte Hagen gar nicht leiden. Da er aber seinen Knüppel schon abgegeben hatte, musste er seinen spontanen Plan, Fatimah eins über den Schädel zu ziehen und an den Füßen mitzuschleifen, fallen lassen. Außerdem kamen beide aus völlig verschiedenen Kulturkreisen. So eine Aktion würde unweigerlich einen verheerenden Krieg nach sich ziehen. Aber schließlich hatte er ja Urlaub.

Die Appartement-Höhle war schnell bezogen. Den Sack mit den Klamotten in die Ecke gefeuert, den Lendenschurz angezogen und ab zum Einkaufen. Erstmal Bier holen für den Abend. Und es stand ja noch eine Touristen-Informations-Veranstaltung an, die er nicht verpassen wollte.

Auf der Informations-Veranstaltung waren alle Neuankömmlinge versammelt. Der Begrüßungs-Nektar schmeckte herrlich süß, und warm. Ob Angelsachsen, Wikinger, Mauren, West- oder Ostgoten, alle waren friedlich versammelt.

Mohammed, der Reiseführer, begrüßte alle und gab dann einen Überblick über die Ausflüge in Sänften und Kutschen.

"Besonders ans Herz legen möchte ich Ihnen die Touren zu den wöchentlichen Steinigungen im Landesinneren. Für nur 20 Silberdinar sind Sie dabei, und erhalten dafür auch noch eine ganze Ziegenkeule und Cerveza bis zum abwinken."

"Darf man denn bei den Steinigungen auch mitmachen? Und wenn ja, sind die Steine im Preis mit drin?", fragte ein junger Wikinger.

"Aber natürlich. Ist alles mit drin.", klärte Mohammed auf.

"Für den Fall, dass Sie teilnehmen möchten, füllen Sie bitte die entsprechenden Steintafeln aus. Hammer und Meißel liegen bereit."

Mohammed wies dann noch auf diverse abendliche Veranstaltungen hin. Vor allem die Angelsachsen freuten sich auf die bevorstehenden Bingo- und Karaoke-Abende.

Hagen genoss seinen Urlaub in ganzen Zügen. Er verbrüderte sich mit einem lustigen Haufen Wikinger, lernte zahlreiche Sklavinnen kennen, trank soviel er nur konnte und prügelte sich mit seinen neuen Freunden immerzu. Egal ob am Strand, in den Höhlen oder in den Tavernen. Die Einwohner bestaunten dies sehr. Anfänglich begrüßten sie dieses Verhalten noch und unterstützen es, zum Beispiel mit zahlreichen Trinkwettbewerben oder ähnlichem. Später einmal würden sie es aber nicht mehr gutheißen. Sie würden anfangen Maßnahmen und Gesetze dagegen zu erlassen. Gut, das würde zwar noch fast 1300 Jahre auf sich warten lassen, aber immerhin.

Am Abend vor der Abreise ging Hagen ein letztes Mal in seine Lieblings-Taverne. Dort traf er Aziz wieder.

"Na, Sie alter Barbar. Wie war der Urlaub?"

"Hallo Aziz, wir können uns ruhig duzen."

"Ok, wie war dein Urlaub?"

"Bei Odin, es war fantastisch. Prost!", beide hoben ihre Trinkhörner.

"Warst du auch bei den Strand-Folterungen dabei, wo die Leute bis zum Kopf im Sand verbuddelt werden?"

"Haha, bis zum Kopf im Sand verbuddelt? Nein, hab ich verpasst. Hätte ich gerne gesehen. Aber mal was anderes, Aziz. Wie kommt ihr so mit all den unterschiedlichen Stämmen klar? Läuft ja alles ziemlich harmonisch hier."

"Na ja, harmonisch ist es oft nicht. Aber das kriegen die Touris nicht so mit. Da muss auch schon mal hart durchgegriffen werden. Dafür haben wir unsere Leute. Neuerdings haben wir viel Ärger mit einem gewissen Stamm. Die nennen sich die Christen."

"Aha, von denen hab ich auch schon gehört. Machen sich immer mehr breit. Auch bei uns in der Gegend."

"Ja, ja. Es gehen viele Gerüchte um. Man hört immer wieder von komischen Ritualen."

"Rituale? Was für Rituale?", fragte Hagen interessiert. Grundsätzlich hatte er ja was übrig für Rituale.

"Na ja, die sollen ständig Frauen verbrennen?"

"Häh? Warum denn das?"

"Weil die Angst vor denen haben."

"Jetzt kapier ich gar nix mehr."

"Die sollen zaubern können."

"Zaubern? Aber das ist doch nicht so schlimm. Ich würde mich sehr darüber freuen, wenn meine Frau zaubern könnte. Zum Beispiel was Anständiges zu essen. Muahhahaha.", machte sich Hagen lustig.

"Sag mal, Hagen, stimmt es eigentlich, dass ihr an gewissen Feiertagen auch Menschenfleisch verzehrt? Dieses Gerücht macht hier schon seit langem die Runde."

"Aziz, du musst nicht alles glauben, was in den Reiseführern steht. Das ist Quatsch. Es wird zwar jedes Jahr einer geopfert um die Götter milde zu stimmen. Aber der wird nicht gegessen."

"Puh, da bin ich aber erleichtert."

"Ihr habt hier übrigens eine tolle Architektur. Alles so helle Bauten. Das sieht schön aus."

"Ja, da sind wir auch ziemlich stolz drauf. Ich bin mir sehr sicher, dass unsere Architektur das Leben hier noch lange beeinflussen wird. Egal, wer hier mal leben wird."

"Das glaube ich dir. Und ich bin sicher, dass die Sitten und Gebräuche meiner Stammeskollegen auch noch lange weitergeführt werden. Darauf lass uns trinken!"

Beide erheben sich und Hagen holt aus:

"So jung kommen wir nicht mehr zusammen! PROST! Und weg damit!"

MANUEL

Immer wenn ich denke, ich habe zugenommen, habe ich das auch. Und wenn ich denke, ich habe abgenommen, habe ich auch zugenommen. Das ist kein Teufelskreis, sondern eine Teufelsgerade. Oder auch Teufelskonstante. Und heute ist mal wieder einer von diesen Tagen. Ein Tag, an dem meine Waage nur deshalb überlebt, weil Caroline mich gerade noch davon abhält das Teufelswerkzeug aus dem Fenster zu werfen. Der Ärger über mich selbst und die doofe Waage nahm jetzt ein paar Minuten in Anspruch. Mein Morgen-Ritual erlaubt aber keine Verzögerungen.

Sechs Uhr klingelt das erste Mal der Wecker. Einmal darf dieser weggedrückt werden. Acht Minuten später wird es jedoch ernst. Raus aus diesem so wundervollen, weichen und warmen Bett. Die Träume sind noch gar nicht ausgeträumt. Bleib liegen. Komm schon. Nur noch einmal kurz die Augen zu machen. Da kann doch keiner was dagegen haben. Klappe, Du innerer Schweinehund! Ab ins Badezimmer. Der kalte Badezimmer-Fußboden hilft mir beim wachwerden. Ebenso die Raumtemperatur. Hatte ich doch tatsächlich gestern Abend vergessen, das Fenster im Bad zu schließen und die Heizung schon mal auf vorwärmen zu stellen. Sind ja nur 5 Grad minus draußen, bzw. innen. Gut, dass das Wasser immer so lange braucht, bis es warm wird.

Nachdem die Widrigkeiten im Bad mit wenigen Minuten Zeitverlust überwunden sind, springe ich hektisch in meine Klamotten. Ich hatte natürlich wieder nicht bedacht, dass es ja Winter ist und man nicht einfach im T-Shirt rausgeht, sondern sich noch in alle möglichen Wintersachen zwängen muss. Was wiederum Minuten dauert. Endlich draußen am Auto. Gott sei Dank sind Minis nicht so empfindlich was die Kälte angeht. Die alten Minis zumindest. Das Türschloss geht gut auf. Die Scheiben sind schnell gesäubert und es kann losgehen. Eigentlich müsste ich ja um halb sieben im Auto sitzen. Aber Dank der Verzögerungen ist es schon zwanzig vor. Darum bin ich für den Vor-Rush-Our-Verkehr zu spät und kann mich schon beim Zubringer zur Autobahn in die Schlange einreihen. Außerdem zieht meine Karre keinen Hering mehr vom Teller. Beim Anfahren kommt er nicht aus den Hufen und in der End-geschwindigkeit kommt er gerade mal auf 40 km/h. Was ist jetzt bloß wieder los? Immerhin fällt das langsame Tempo bei dem Verkehr nicht auf. Heute Abend muss ich ihn zur Werkstatt bringen.

Endlich auf der Arbeit angekommen, steht Chef´chen schon Gewehr bei Fuß.

"Schon wieder zu spät, Manuel? Du weißt, dass unser Chef da allergisch gegen ist!"

Meine favorisierte Antwort darauf erspare ich mir. Möchte den Job noch behalten. Warum eigentlich? Noch nie hat mich ein Job so angeekelt wie dieser. Wie bin ich da eigentlich rein geraten?

Vor ein paar Jahren war noch alles in bester Ordnung. Hatte eine Arbeitsstelle mit super Kollegen und viel Freude an der Arbeit. Dann die Entlassung. Betriebsbedingte Kündigung nennt man es, wenn man langjährige Mitarbeiter loswerden will ohne eine vernünftige Begründung dafür zu haben. Ich war schon über vierzig, hatte kein Studium und alles was ich an Erfahrung hatte, hatte ich in dieser Firma gesammelt. Nach schier endloser Jobsuche nahm ich natürlich was ich kriegen konnte.

Und da stehe ich nun, habe mich unter unmenschlichen Bedingungen an einem kalten Morgen auf den echt weiten Weg zur Arbeit gemacht und werde angemacht wegen der paar Minuten. Angemacht von einem Typen der 20 Jahre jünger ist als ich. Klassischer Strebertyp. Ist wahrscheinlich wegen seiner nervenden Art früher in der Schule von seinen Klassenkameraden immer geärgert worden. Jetzt, nachdem er sich nach oben gebesserwissert hat, will er es wahrscheinlich allen heimzahlen. So ein Nerd.

Nachmittags um fünf schmeiße ich die Griffel hin und mache, dass ich nach Hause komme. Nichts hält mich mehr hier. Zumindest für heute. So ein Arbeitstag bestand zu 80% aus Zähne zusammenbeißen, 10% rumbuckeln und eigentlich nochmal 100% grübeln über bescheuerte Jobs. Oder irgendwie so. Im Rausgehen bekomme ich noch ein sarkastisches "Schönen Feierabend der Herr!" von meinem Zimmergenossen zu hören. Ich weiß nicht, wer schlimmer ist. Chef´chen oder dieser Speichellecker, der wahrscheinlich das Mobbing erfunden hat. Fick dich, denke ich und steige ins Auto. Mein lieber Mini springt zwar an und setzt sich in Bewegung, aber er ist laaaangsam. Ich glaube, mich hat gerade ein Fußgänger überholt, der mit seinem Hund spazieren geht. Und die Radfahrer hinter mir fangen an zu drängeln.

Endlich komme ich in der Werkstatt an.

"Was´n nu schon wieder, Manuel? Du weißt, dass meine Zeit knapp ist. Und ohne Rechnung mach ich diesmal nix. Außerdem habe ich keinen Bock auf so Spielzeug-Autos. Ich hab hier sonst nur Audi und VW. Die Ersatzteile für die Karre sind kaum zu bekommen."

Ausführlich erzähle ich dem freundlichen Dienstleister die Symptome.

"Kannste in zwei Tagen wieder abholen. Nicht in drei, verstanden? Ich will nicht, dass all meine Kunden sehen was für Rostlauben ich hier repariere."

Nächster Tag. Sechs Uhr. Wecker. Träume dauern noch an. Kalter Fußboden. Wintermantel anziehen. Rausgehen und feststellen, dass ich ja gar kein Auto da habe. Kacke. Ich muss mit der Straßenbahn fahren. Genauer gesagt: 15 Minuten Gewaltmarsch zur Haltestelle, 30 Minuten Straßenbahn, 20 Minuten warten auf den Zug. 20 Minuten Zugfahrt und danach nur noch 10 Minuten mit der U-Bahn. Lief nicht gestern irgendwas im

Fernsehen von wegen Streiks oder so? Oh Gott, ich komme schon wieder zu spät.

Nun sitze ich also in der Straßenbahn. Kurze Zeit zum Nachdenken. Mein Leben läuft irgendwie schief. Schlimm genug, dass der Job ätzend ist, ich muss auch noch froh sein, dass ich ihn habe. Außerdem steckt die Trennung immer noch in den Gliedern. Und die Kinder sehe ich viel zu wenig. Ich merke, wie die Gedanken in mir den Blues hochsteigen lassen. Geht das für immer so weiter? Wie kann man auf bessere Zeiten hoffen, wenn man überhaupt keinen Plan B hat?

Aber manchmal wird einem dann doch ein Quäntchen Glück beschert. Und dieses Glück kommt diesmal in Form von Monika und Peter, die sich neben mich setzen. Die beiden sind herzensgut und wohnen im Behindertenwohnheim ganz in meiner Nähe. Ich kenne sie flüchtig über eine gute Freundin, deren Tochter auch dort wohnt. Ich sitze zwar direkt daneben, aber ihre lauten Stimmen lassen die ganze Bahn teilhaben.

"W-W-Wie isset, Peter?"

"Janz jut. Und du?"

"Jo, auch jut. K-k-k-kalt heute, wat?"

"Jo, aber is mich ejal. Freu mich nämlich. Hab ne neue Aaabeit!"

"W-w-wat machse denn so?"

"HUNDEFUTTER!"

Ihr habt mir den Tag erhellt. Danke ihr Lieben.

Irgendwie hat dieses kleine Erlebnis meine Lebensgeister geweckt. Reiß dich zusammen.

"Immer wieder aufstehen, immer wieder sagen: es geht doch...", hat ‚Herne 3' einmal gesungen.

Wie üblich werde ich freundlich empfangen: "Also wir müssen reden, Manuel!"

Reden ist ja eigentlich immer gut. Wenn Chef´chen das allerdings sagt um dann mit mir zwecks Audienz zum Chef zu gehen, ziehen offensichtlich dunkle Wolken am Horizont auf. "Wir haben uns entschlossen, uns von Ihnen zu trennen", sind die wenig versöhnlichen Worte vom Chef. Handy und Laptop abgeben und die Sachen vom Schreibtisch in eine Tüte packen. Wie in einem Hollywood-Film. Gut, dort haben die für solche Fälle immer einen Karton zur Hand. Ich bin nicht wirklich verwundert. Habs kommen sehen. Und, obwohl ich nicht weiß was die Zukunft bringt, bin ich merkwürdig relaxed. Dem Job traure ich keine Träne nach.

Wäre jetzt eigentlich ein guter Zeitpunkt die Geschichte zu beenden. Aber ich muss noch erzählen, was mit meinem Auto los war. Der Auto-Spezi meines Vertrauens hatte es hingekriegt.

"So, lüppt wieder wie ne eins!"

"Was war denn?"

Er zeigt mir den alten Luftfilter. Dieser sieht aus wie ein Stück Kohle.

"Haste schon mal versucht, mit nem Taschentuch im Mund zu joggen? Da würdest du auch nicht vorwärtskommen."

Mit einem Taschentuch im Mund joggen? Irgendwie kann ich mich in mein Auto hineinversetzen.

MIMI PASULKE

Mein Heimatort ist sicherlich alles andere als der Nabel der Welt. Aber ich gebe zu, dass ich mich hier sehr wohl fühle. Das mag daran liegen, dass ich, bis auf eine zweieinhalbjährige Zeit im Exil in der nächst gelegenen größeren Stadt, immer hier gewohnt habe. Wenn ich mal ein Pfund Butter einkaufen gehe, treffe ich mindestens 7 Leute die ich kenne, teils noch aus alten Schultagen. Das finde ich irgendwie schön. Der Ort hat sich auch etwas Dörfliches bewahrt.

Es kann sehr interessant sein, hat man sich einmal auf die Gegebenheiten hier eingelassen. So gibt es, nicht nur bei den Älteren, gewisse Standard-Vorgehensweisen. Beispielsweise bei einer knappen Begegnung auf der Fußgängerzone. Hier wird auf die Frage "Und sons´?" mit einem kurzen "Muss!" geantwortet. Das erspart jede Menge Zeit und sagt alles. Außerdem braucht man sich nicht auf ein stundenlanges Geplapper einlassen.

Eine lieb gewordene Tradition ist auch der Einkauf von Fleischwaren beim Metzger unseres Vertrauens auf dem einmal wöchentlich stattfindenden Frische-Markt. Erstaunlich, wie viele Leute sich vor den maximal 5 bis 7 Verkaufswagen tummeln. Aber Achtung: zu glauben "Ahh, da sind nur zwei Leute vor mir beim Metzger. Das geht ja schnell. Da komme ich bald dran!", ist ein Irrglaube. Da kennen Sie unsere Leute schlecht. Das geht alles nach dem Motto: "Der Aufschnitteinkäufer mit Niveau kauft einzeln!"

Erst neulich bin ich mal wieder in die Falle getappt. Ich hatte eine, etwas beleibte, Frau mittleren Alters vor mir. Wie man so früh am Morgen schon so gut gelaunt sein kann, ist bemerkenswert. "Liebelein, wat macht die Omma? Isse widder zu Hause?", erkundigte sich die aufmerksame Kundin beim Personal. Sehr mitfühlend, vor allem auch wenn man bedenkt, dass mittlerweile noch 10 andere Leute hinter mir standen. Das tat der ganzen Situation aber keinen Abbruch.

"Tu mir erst ma noch 3 Scheiben von der Schweinskopfsülze."

Bewundernswert mit welch stoischer Ruhe das Personal keine Wünsche offen lässt. Es werden Fragen beantwortet, Witze gerissen, andere Leute, die zufällig an der Bude vorbeikommen, mit ins Gespräch einbezogen.

"Hörens Willi! Jut, dat ich dich seh. Haste jestern noch...blabla...gedöns..."

Mittlerweile hatte die aufmerksame Mitbürgerin das komplette Personal, fünf an der Zahl, in das Gespräch einbezogen. Zwischendurch wurde natürlich weiter bestellt: "2 Scheiben von dat Geflügelwurst. 250 Gramm Hack, 5 Scheiben Grützwurst ..."

Nicht selten lag die gewünschte Wurst eben nicht fertig geschnitten in der Auslage parat. Sie musste vom Personal hinten aus der Kühlung geholt, ausgepackt und zurechtgesägt werden.

Da funkte doch noch ein leichter Hoffnungsschimmer auf, der Wahnsinn könnte hier endlich zum Ende kommen. Die gute Frau sagte: "So, noch wat von der Blutwurst, dann war et dat."

Blutwurst wurde geschnitten, gewogen, eingepackt und mit Kaufpreis versehen. Dann das Entsetzen: "Dat war der Aufschnitt für die Omma, jetzt noch für mich und Tante Gertrud!"

Ich platzte vor Wut fast aus der Hose. Nach außen wirkte ich normal. Innerlich kochte ich. Ich wusste genau, wenn ich jetzt hier ausraste, würde niemand Verständnis haben und mich für ein Arschloch halten. Ich stand nämlich zwischen lauter Rentnern, die nicht nur sowieso nichts anderes vorhatten, sondern denen es nachgerade eine Obsession war, hier zu stehen. Allerdings, meine Gesichtszüge entgleisten etwas. Muss seltsam ausgesehen haben. So würde ich wahrscheinlich aussehen, wenn man mir eine Hälfte des Gesichts mit Botox vollpumpen würde. Die Leute, einschließlich des Personals, guckten mich erstaunt an.

Ich ging, und kaufte mir abgepackten Billig-Aufschnitt im Supermarkt. Und stand 20 Minuten an der Kasse. "Storno!", rief die neue Auszubildende an der Kasse mit dem defekten Scanner bei dem die 50-stelligen Artikelnummern per Hand eingegeben werden mussten - warum immer ich?

*

Jetzt haben Sie zwei der Standard-Situationen kennengelernt. 'Kurz und knapp' sowie 'zum Erbrechen lang'. Geübte Teilnehmer an diesen Konversationen haben natürlich kein Problem damit, Mischformen zu platzieren. So z. B. lange Unterhaltungen mit knapper Aussage. Aber Vorsicht. Ungeübte können sich hier furchtbar verzetteln. Es passierte an einem Tag im April anno 1998 an einem Samstagvormittag auf der Fußgängerzone neben der traditionellen Eisdiele. Trotz des grauen Wetters war die Innenstadt voll. Dann geschah das Undenkbare: zwei ältere Herren, die in alten Zeiten im gleichen Kegelklub waren und seit jeher eine wohlgesonnene, aber reservierte Freundschaft pflegten, begegneten sich. Da die Zeit knapp war, schließlich hatte man noch 1000 Besorgungen zu machen, wurde die Kurzform in Angriff genommen.

"Und sons'?"

Offensichtlich jedoch hatte sein Gegenüber mehr Zeit, er war also zur falschen Zeit in einer Kurzsituation.

"Tach Heinz. Wie isset?"

Heinz war darauf nicht gefasst. Er wollte unbedingt schnell weiter, nicht unhöflich sein, über andere Dinge nachdenken, Gespräch beenden.

"Äähh......wat?", "Wie isset?", "Wat willse?", "Und sons?", jetzt besann sich Erich wieder auf die Kurzform und wollte von vorne loslegen. Heinz war perplex.

"Muss!", "Häh?", "Und sons?", "Wat willse?", so ging das immer weiter in einem Ton, der immer diffuser, aber auch lauter wurde.

Die Bürger in unmittelbarer Nähe wurden auf die Situation aufmerksam. Schnell war jedem klar, dass diese ernst war.

"Passt auf!", rief der Erste. "Macht mal Platz und rückt die Tische zusammen. Hat jemand Decken mit?"

Währenddessen ging das völlig aus der Kontrolle geratene Gespräch weiter.

"Wat willse?", "Wie isset?", "Muss.", "Und sons'?". Da sprang ein Mann, Typ Mega-Checker im Börsen-Outfit, der zu diesem Zeitpunkt in der Eisdiele saß, auf und rief: "Ruf doch mal jemand endlich einen Krankenwagen!"

Aber jeder wusste genau, dass in der überfüllten Fußgängerzone kein Durchkommen für Rettungskräfte war. Die beiden Hauptpersonen wirkten mittlerweile völlig erschöpft. "Was ist?", "Wie?", "Muss...", "Wat sons'"

Irgendjemand hatte die Presse gerufen. Auf dem Parkplatz platzierten sich die ersten Ü-Wagen. Ein Reporter, der kurz einen Blick auf die Situation warf, sprach das aus was jeder schon wusste: "Oh mein Gott, sie hängen in einer Causal-Schleife fest!"

Die bereits bestehende Unruhe wandelte sich langsam zu einer ausgewachsenen Panik. Hunde bellten. Ältere Herrschaften versuchten mit ihren Rollatoren geeignete Plätze zu ergattern um

Augenzeuge der Geschehnisse zu werden. "Wat is?", "ich mach nix...", "Un' nu?"

Kein Ende in Sicht.

Tumultartige Szenen spielten sich ab. Kinder weinten. Ihre Eltern wussten nicht, wie sie ihnen die Situation erklären sollten. Woher sollte auch ein Kind wissen, was eine Causal-Schleifen-Situation ist. Es war ernst. Der Himmel, der sowieso schon wolkenverhangen war, dunkelte sich noch mehr ab. Das lag an dem riesigen Alien-Mutterschiff, welches sich seinen Weg durch die Atmosphäre bahnte, um genau über der Eisdiele zu halten. Irgendwelche Funksignale, die mit sehr heftigen Schwingungen verbunden waren, wurden von ihnen empfangen und hatten sie veranlasst, nach dem Rechten zu sehen. Aber sie konnten schon gar nicht helfen. Sie sprachen ja noch nicht mal unsere Sprache.

Doch da geschah das Wunder: die Wolkendecke öffnete sich. Die Sonne brach durch und aus dem Licht heraus kam eine Gestalt in Form einer älteren Frau vom Himmel hinabgestiegen. Es war Mimi Pasulke. So ziemlich jeder hier im Ort hatte früher bei ihr Deutsch-Unterricht. Ach was sage ich, sie WAR der Deutschunterricht. Streng aber gerecht. Sie rief den beiden Opfern laut und deutlich zu:

"SCHLUSS DAMIT!!"

Jäh brach die Unterhaltung zwischen Erich und Heinz ab. Langsam wurde jedem bewusst, dass die Situation gerettet war. Alle entspannten sich. Die Menge löste sich auf. Das Alien-Schiff konnte beruhigt weiterziehen. Die Leute verzehrten entspannt ihr Eis.

Dann wachte ich endlich auf!

DAS BLUESMOBIL

Die Band stand vor dem Proberaum, eine alte Scheune auf einem Schweine-Bauernhof draußen in den Feldern, und wartete auf mich. Ein Auftritt stand an in der Begegnungsstätte der Stephen-King-Hauptschule in einer größeren Stadt, weiter entfernt von unserem Heimatort. Alle Mitglieder der Band kamen aus meinem Ort. Unser Name: The B-Team-Lovers. Ich habe nicht den leisesten Schimmer, warum wir uns damals so genannt haben. Ist ja auch schon dreißig Jahre her.

Boxen, Mischpult und die anderen Sachen waren fast alle verstaut. Dazu standen uns die alten R4-Kastenwagen des Drummers und des Bassisten zur Verfügung. Aber wir brauchten noch mehr Autos. Die Instrumente mussten noch irgendwo rein. Da kam meine Chance. Meine Chance endlich einen wichtigen Beitrag zu leisten.

Ich hatte gerade erst den Führerschien gemacht und das Auto meines Vaters übernommen. 10 Jahre alt und bestens in Schuss. Ein riesiger Kofferraum. Ich fuhr zum Proberaum und alle bestaunten meinen 1973er Opel Ascona A. Unser neues Blues-Mobil. Und ich war jetzt erwachsen.

Normalerweise würde im Film nun der offizielle Vorspann eingeblendet werden. Mit irgendeinem Rocksong oder so. Mit den Namen des Regisseurs, der Schauspieler, Kameramänner usw. Aber schließlich sind wir hier ja nicht im Film.

Das Auto war wunderschön. In einem knalligen Post-Gelb. Mein Vater hatte den Wagen all die Jahre gehegt und gepflegt. Als ich ihn bekommen habe sah er so aus, als käme er gerade aus dem Autohaus. Es war damals in der Gegend meines Elternhauses so üblich, jeden Samstagnachmittag die Autos gründlich auf dem Hof zu waschen und zu polieren. Überall in der Gegend hörte man aus den Radios die Bundesliga-Konferenz. "Toooor in Gladbach!"

Nun aber zurück zur Band. Die B-Team-Lovers waren bereit zur Abfahrt. Alle Instrumente waren in dem bereits erwähnten riesigen Kofferraum verstaut. Olle und Ingo, der zweite Gitarrist und der Keyboarder unserer Band, besetzten die Kastenwagen. Sie fuhren aber erst später los, da sie noch was im Proberaum erledigen wollten. Ich denke, sie meinten damit die beiden Flaschen

Chianti. Lukas, Markus, Udo und ich (Gesang, Drums, Bass und Solo-Gitarre) hatten die Ehre mit dem Blues-Mobil zu fahren.

Dezent lag eine ganz leichte Note von Sprit-Geruch im Auto, wie das bei den alten Opels so üblich war. Das machte die Fahrzeuge aus. Fünf Leute hatten genug Platz zum Sitzen. Den Gang einlegen mit dem damals üblichen, sehr langen Schaltknüppel. Da machte das Schalten noch Spaß. Wenn der Ascona sich in Bewegung setzte, hob er zunächst hinten leicht an. Das kam durch den Hinterrad-Antrieb. Dieser war im Winter nicht besonders praktikabel. Bei Glatteis kam man nicht mehr von der Stelle. Da musste man schwere Sandsäcke in den Kofferraum legen. Aber im Sommer war das eine coole Sache. Und durch die lange Schnauze des Autos fühlte man sich beim Fahren wie in einem amerikanischen Schlitten.

Gut, die selbstgebastelten Lautsprecher hinten auf der Hutablage waren jetzt nicht ganz so hipp wie ich ursprünglich gedacht hatte. Diese hatte ich aus alten Sperrholzbrettern und irgendwelchen vergammelten Lautsprechern selbst zusammen-gezimmert. Ziemlich dilettantisch wie ich be-merken muss. Und der alte Kassettenrekorder, den ich mit einer provisorischen Halterung unter das Armaturenbrett geschraubt hatte, machte das Ganze nicht professioneller. Egal, Hauptsache wir konnten damit auf der Fahrt zum Auftritt tierisch laut Led Zepplin hören. Der Klang war furchtbar. Hierbei überhaupt von Klang zu reden ist eigentlich eine Beleidigung für alle Klänge. Auf jeden Fall, mit dem Auto durch die Gegend zu cruisen war echt dufte.

Nein, nein, nein. Ich bin kein Autofan. Das war ich nie. Im Gegenteil. Aber es war doch unser Blues-Mobil. Und diese Chrome-Verzierungen überall. Aufhören, aufhören.

In dieser Zeit ging es mir um Musik und Musik machen. Und natürlich darum, standesgemäß mit einem Blues-Mobil am Veranstaltungs-Ort zu erscheinen.

Wie eben auch an der erwähnten Hauptschule. Die Fahrtstrecke dorthin betrug 30 Kilometer. Durchaus geeignet um die Strecke über die Autobahn zu nehmen. Immerhin fuhr mein Blues-Mobil 180 km/h. Natürlich nicht voll beladen und mit vier Leuten drin. Da musste ich mich mit den üblichen 100 km/h zufriedengeben. Das war auch OK. Früher hat man in den Autos irgendwie jeden Kilometer gespürt den man schneller fuhr. Da hatte man einen engeren Kontakt zum Bodenbelag. Vor allem, wenn man ein paar Löcher in den Boden gebohrt hatte, damit das permanent im Fußraum des Autos vorhandene Regenwasser wieder ablaufen konnte. Heutzutage muss man die Autos schon vom Werk aus auf Tempo 250 km/h beschränken, da man das nicht mehr mitkriegt, wie schnell man ist. Man hat das Gefühl dabei locker ein Buch lesen zu können. Fatal.

Auf jeden Fall fuhren wir auf der Autobahn. Vor uns tuckerte ein Bus. In diesem befanden sich irgendwelche Typen. Keine Ahnung, wer die waren und wo die hinwollten. Die Vollpfosten auf der hintersten Bank im Bus meinten uns mit eindeutigen Gesten zeigen zu müssen, dass sie uns nicht leiden können. Warum? Keine Ahnung. Da kam es natürlich schnell zu Diskussionen bei uns.

"Mann, überhol doch die Idioten."

"Ich bin voll beladen, der Wagen zieht keinen Hering mehr vom Teller."

"Das kann doch nicht sein. Der Bus fährt gerade mal 80. Da wirst du doch vorbeikommen."

"Ich weiß nicht. Hab den Wagen gerade erst. Will mich nicht zu unüberlegten Taten verleiten lassen. Die Autobahn ist voll und auf der linken Spur kommen permanent Autos mit 150 an mir vorbeigeschossen."

"Jetzt hab dich nicht so. Die Typen da vorne nerven total. Mach hinne!"

Ich drückte das Gaspedal durch. Langsam kam das Auto in Wallung. Ich setzte den Blinker, fuhr links raus und wir zogen an dem Bus vorbei. Zum Abschied haben wir den Blödmännern auf der letzten Bank noch süffisant gewunken. YEAH. Die sind doof und wir sind cool an denen vorbeigezogen.

Ich hatte gerade den Bus überholt, ca. 2 Kilometer weiter, da fing der Wagen plötzlich an zu stottern. Dann begann er wild zu huckeln und zu zucken.

"Fuck. Was ist denn jetzt los?", rief ich und war gleichzeitig enttäuscht, sauer und besorgt über mein Auto.

"Da vorne kommt ne Tankstelle. Fahr da ran!" rief unser Bassist Udo geistesgegenwärtig.

"Na toll, da wagt man es einmal eine große Klappe zu haben gegen diese Typen da im Bus und schon bekommt man wieder einen auf den Deckel."

Ich fuhr auf den Parkplatz der Tankstelle und Markus, unser Drummer, ging zum Tankstellenhäuschen um Hilfe zu holen.

In dem Moment kam der Bus mit den Vollpfosten auf den Parkplatz gefahren. Er hielt natürlich in unmittelbarer Nähe von uns. Kaum, dass die Tür aufging und die ersten Leute aus dem Bus rausfielen ging es los:

"Na, wen haben wir denn da? Seht mal Leute, da sind doch die Honks, die so arrogante Gesten in unsere Richtung gemacht haben!"

"Ja, die meinen wohl auch, die sind was Besseres, was?"

"Genau, was ist denn mit den Zuckerpüppchen passiert? Hat eure Karre die Grätsche gemacht? Müsst ihr jetzt eure Mutties anrufen? Häh?"

Lukas, unser Sänger, ließ sich da nicht lange bitten:

"Ich glaub, ihr habt wohl zu heiß gebadet? Meint ihr, wir lassen uns von jedem dahergelaufenen Primaten irgendwas Bescheuertes an den Kopf werfen? Ihr tragt doch eure Köpfe nur damit es oben nicht reinregnet."

Die Gesichter der Bus-Typen, die vorhin noch ein hämisches Grinsen trugen, verdunkelten sich grimmig.

Ich wendete mich leise an Lukas: "Lukas, lass gut sein. Hab keinen Bock auf Ärger. Wir haben nachher noch einen Auftritt. Lass die doch...". Aber er ließ sich nicht beeindrucken.

"Ihr Vollidioten habt doch angefangen mit euren Stinkefingern. Meint ihr wirklich, jeder lässt sich sowas gefallen?"

"Dann komm doch her, du Doof. Zeig mal, was du draufhast. Ich geb dir nen tritt IM Arsch."

Mist. Die Situation drohte außer Kontrolle zu geraten. Und ich mitten drin mit meinem schönen Auto. Wenn ihm doch bloß nix passieren würde. Ich hatte mich noch nie geprügelt. War doch eigentlich immer ein Mensch des Friedens und Freund der gegenseitigen Toleranz und des Verständnisses. Make Love, not War. Das war meine Devise. Emphatisch Leute, seid emphatisch! Mami....

Der komische Typ mit der vorlauten Stimme aus dem Bus boxte Lukas auf die Schulter. Die andern standen drum herum, feuerten ihn an und machten diffamierende Bemerkungen in unsere Richtung. Gemein.

Doch dann kam er: der Tankstellenwart! Er war nicht besonders groß, aber von äußerst bulliger Natur. Hatte eine Baskenmütze auf dem Kopf und einen Zigarrenstummel im Mund, der offenbar gar nicht brannte. Er war ölverschmiert von oben bis unten. Er schnappte sich den vorlauten Passagier und zog ihm das linke Ohr lang.

"Aauuuuuaaaaa!"

"So, so. Du willst also Ärger machen hier auf meiner Tankstelle. Ich glaub, dich haben sie wohl mit der Muffe gepufft, wat?"

"Neiiin, nein. Die haben angefangen. Die haben angefangen." Er verwandelte sich innerhalb einer Sekunde vom Großmaul zum kleinen Kind.

"Ich hab das aber gar nicht so gerne, dass Typen wie du hier Ärger machen. Ich schlage folgendes vor: ihr setzt euch jetzt ganz brav in euren Bus und wartet, bis der Kollege Busfahrer sein Geschäft auf der Toilette verrichtet hat. Dann fahrt ihr weiter und wir vergessen die ganze Sache hier."

"Ja, ja, ist gut, Sir. Ist gut."

Die Busaffen zogen sich in ihr fahrbares Gehege zurück. Dann wendete sich der bärbeißige Tankwart an uns.

"Und ihr? Ihr macht mir hier auch keinen Ärger, klar?"

"Nein, Sir. Tun wir nicht." Sagten wir vier gleichzeitig.

"Was ist denn los mit eurer Karre? Schönes Auto übrigens. Hab ich auch mal gehabt."

"Das Auto fing plötzlich während der Fahrt an zu stottern und zu huckeln." war meine fachgerechte Analyse.

Der streitschlichtende Tankwart machte sich sofort an die Arbeit. Er öffnete die Motorhaube. Ein Blick und alles war klar. Der Verteilerfinger war gebrochen! Jawohl, sowas hatte mein Auto. Einen Verteilerfinger. Der war dafür zuständig, dass die einzelnen Zündkerzen in einer bestimmten Reihenfolge gezündet wurden, oder so ähnlich.

"Ich glaub, da hab ich noch einen." Sagte er und verschwand in seiner dunklen Garage. Kurze Zeit später erschien er mit einem neuen Verteilerfinger, setzte ihn ein und startete das Auto. Brrrrrommmmm. Cool. Alles war wieder gut.

"Macht 5 Mark."

"Oh, hoffentlich hab ich so viel dabei."

Ich sammelte von allen ein wenig ein, so, dass wir das Geld zusammen bekamen.

Einsteigen, abfahren, auf zum Gig! Led Zepplin klang jetzt noch besser. Und wir hatten was zu erzählen.

Na ja, der TÜV brachte die Beziehung zwischen mir und meinem Ascona zu einem jähen Ende. Ich hatte noch viele andere Autos danach, was daran lag, dass ich mir immer nur alte Autos leisten konnte und der TÜV noch so einige Male eine große Rolle spielte. Aber kein Auto blieb mir so in Erinnerung. Manchmal träumte ich sogar von ihm: Ich finde das Auto Jahre später auf einem Schrottplatz, klaue es von dort und fahre damit durch die Gegend. Und die lange Schnauze des Wagens immer im Wind. Aber Auto-Fan war ich nie...

DAS L-WORT. LOS!

Panik! Es ist 6:30 Uhr. Warum hat der verdammte Wecker nicht wie geplant um 6 Uhr geklingelt? Nur meinen Trieben haben wir es zu verdanken, doch noch einigermaßen rechtzeitig geweckt zu werden. Also, Harntrieb meine ich natürlich. Nun aber los. Husch, husch aus dem Bett. Caroline und ich müssen rechtzeitig am Kölner Flughafen sein. Bis dahin müssen wir noch 60 Kilometer Autobahn hinter uns bringen. Kurz das Gesicht mit Wasser benetzen und etwas für einen besseren Atem tun. Dieser wäre den Stewardessen wirklich nicht zuzumuten. Warum ist das eigentlich so? Warum hat man morgens einen so furchtbaren Atem? Da muss ich immer an die armen Schauspieler im Film denken. Die Szene spielt früh morgens. Beide werden wach, liegen Kopf an Kopf und fangen an, sich Liebesschwüre entgegen zu hauchen. Da muss man als Schauspieler bestimmt was aushalten. Aber wahrscheinlich haben die ja vor dem Dreh die Möglichkeit, ein wenig Mundwasser zu verwenden. Wer weiß. Da reden die nicht drüber. Und warum denke ich jetzt über sowas nach? Wir sind spät dran.

In aller Eile schleppe ich die beiden irre schweren Koffer nach unten zum Auto. Warum nimmt man immer so viel mit? Da werden wir bestimmt beim Einchecken nachzahlen müssen. Kriege die Dinger kaum die Treppe runter gewuchtet. Kommt echt gut wenn man morgens so einen Kavalierstart hinlegt und ohne Aufwärmtraining gefühlte 150 Kilo stemmen muss. Der Schweiß rinnt mir spontan die Stirn runter. Atemnot verbunden mit Husten-Anfällen macht sich breit. Wenn es nur die Koffer wären. Jacken, Fotoapparate, Rucksäcke und ähnliches wird noch separat mitgenommen. Ein Hoch auf das Handgepäck.

Bei all der Panik habe ich ganz vergessen zu erwähnen, was überhaupt los ist. Caroline und ich sind gerade mal seit 3 Monaten zusammen und wir treten unseren ersten gemeinsamen Urlaub an. Fünf Tage Ibiza. Sicherlich, es dürften gerne ein paar Tage mehr sein, aber dazu reicht die Kohle nicht. Aber wir sind ja sowas von frisch verliebt. Bei uns ist zurzeit alles wie Urlaub. Einzig das Wort mit "L" ist noch nicht gefallen. Traute sich bisher keiner. Ach ja, die Liebe.

"Jetzt pack endlich die verdammten Koffer ins Auto, wir müssen los!"

Gut, Carolines Zuneigung zu mir ist nicht immer in jedem Moment offensichtlich.

Sämtliches Gepäck wird ins Auto geworfen und wir können los. Seltsam, die Wörter Gepäck und Gebäck unterscheiden sich nur durch einen Buchstaben, und haben doch überhaupt nichts miteinander zu tun. Wer hat sich sowas eigentlich mal ausgedacht bei der Vergabe der Wörter. Zuerst kam wahrscheinlich Gebäck an die Reihe. Der amtliche Wortevergeber, wahrscheinlich preußischer Herkunft, hatte bestimmt "backen" im

Hinterkopf gehabt. Nachvollziehbar. Und dann? Hat er danach seine Koffer gepackt um nach Hause zu fahren, mit den damals üblichen Postkutschen? Er hatte mehrere Koffer und hat sich gedacht, welches Wort kann man denn einer Ansammlung von Koffern geben? Köffer? Koffers? Da ihm die Kekse super geschmeckt haben und er endlich Feierabend haben wollte, hat er es einfach Gepäck genannt. Klingt für mich irgendwie logisch.

"JETZT FAHR LOS! WARUM STARRST DU HIER LOECHER IN DIE GEGEND!"

Sie hatte ja Recht. Das ich aber auch immer so schnell ins Grübeln komme.

Die Autofahrt zum Flughafen verläuft eigentlich Reibungslos. Auf der A3 versucht allerdings eine vorbeifliegende Taube sich mit meinem Kühlergrill anzulegen und verliert. Im Rückspiegel sehe ich die Federn durch die Luft fliegen. Die arme Taube. Traurig. Warum eigentlich "Taube"? Was sich die vom Staat ausgebildeten Wortevergeber wohl da jetzt schon wieder gedacht hatten. Sind Tauben taub? Gerne hätte ich noch länger darüber nachsinniert.

"PASS DOCH AUF!"

Caroline bittet mich, den Kurs unseres Autos wieder in Richtung Mitte der Spur zu bringen. Ich darf nicht so viel nachdenken beim Fahren. Echt leichtsinnig von mir. Ach Caroline, was würde ich ohne sie machen. Und sie ist ja so süß. Und sie hasst Autofahren, und Autobahnen sowieso. Und nach dem Erlebnis wird sich das bestimmt nicht so bald ändern.

Nachdem wir die richtige Ausfahrt verpasst haben und noch ein paar Ehrenrunden um den Block gefahren sind, erreichen wir endlich das richtige Parkhaus. Hier lassen wir das Auto den Urlaub überstehen. Es ist etwas vom Flughafen-Gebäude entfernt. Wir müssen also noch eine beachtliche Strecke zu Fuß mit unserem Gebäck ähh Gepäck zurücklegen. Natürlich ist kein Gepäck-wagen frei. Ein Gebäckwagen wäre jetzt auch nicht schlecht. Hmmmhhh, mit leckerem Kuchen oder duftenden Semmeln.

"Los, los, los!"

Jetzt hört sich Caroline an wie Soldaten der Spezialeinheit einer Spezialeinheit in einem amerikanischen Film, die gerade dabei sind, die von Geißelnehmern besetzte Bank zu stürmen.

Mir ist aufgefallen, dass in einem Trailer für einen Aktion-Film in dem es um Spezialeinheiten geht, immer irgendjemand "Los, los, los!" ruft. Manchmal ist das dann im Film selber gar nicht zu hören. Aber im Werbe-Trailer schon. Soll wohl außergewöhnliche Bewegung und Dramatik suggerieren. Aber ein "Los, los, los!" macht noch lange keinen guten Aktion-Film. Die waren früher sowieso besser. Ein muskelbepackter Mann, der seiner Frau gegenüber so tut als wäre er irgend so ein Büro-Mensch. Aber in Wahrheit ist er ein ultrageheimer Spezialagent der allen bösen Jungs den Garaus macht. Irgendwann kommt die Frau dahinter und ist im ersten Moment voll sauer. Aber dann sieht sie, wie er mit bloßen Händen sechs Männern zeigt wo´s lang geht. Spontan ist die Lüge nicht mehr so wichtig und sie wird total scharf. Spannend, ausgeklügelt, lustig und alles andere als langweilig. Die brauchen da kein "Los, los, los!".

"Du wirst schon wieder langsamer. Beeil dich. Warum muss ich das immer wieder sagen? Jetzt komm schon."

Wir erreichen den Schalter zum Einchecken. Die freundliche Angestellte der Fluggesellschaft weist uns darauf hin, dass wir viel zu spät sind und eigentlich keine Board-Karte mehr kriegen würden. Aber der Flieger hat aufgrund einer Panne eine Verspätung.

"Panne?", da würde ich gerne mehr wissen. "Was für eine Panne? Einen Platten? Kolbenfresser? Zündverteiler kaputt?"

"Nein, nein. Sowas natürlich nicht.", beruhigt mich die Angestellte. "Es wurde ein kleines Loch in der Frontscheibe entdeckt. Die Scheibe wird gerade ausgetauscht."

Beruhigend zu wissen. Das dauert doch bestimmt ewig? Ähh, Moment. Das wollte ich nicht denken, sondern sagen. "Das dauert doch bestimmt ewig?!"

"Wir gehen davon aus, dass die Maschine in ca. 3 Stunden starten kann."

Ja super. Auf der einen Seite bin ich froh, dass wir den Flieger nicht verpasst haben, aber auf der anderen Seite geht uns dadurch fast ein Tag verloren.

Na ja, irgendwann kommen wir dann doch endlich auf Ibiza an. Interessant zu sehen das die Landebahn fast unmittelbar nach dem kleinen Strandörtchen beginnt, in dem wir auch unsere Unterkunft haben. Der Flieger segelt also ziemlich knapp über die Ferienwohnungen hinweg. Ich schaue aus dem Fenster und sage zu Caroline:

"Schau mal, wir sind da so dicht drüber. Da kann man die Leute auf den Balkonen sitzen sehen. Man sieht ja sogar, was die da zu essen stehen haben". Wir müssen beide lachen. Sieht witzig aus. Allerdings ist uns dann bald nicht mehr zum Lachen, weil das genau unser Hotel ist.

Aber wir haben auch hier wieder Glück im Unglück. Nachts zwischen 23 und 6 Uhr findet kein Flugverkehr statt. Wir haben also Nachtruhe. Die restliche Zeit kommen die Flieger jedoch im 10 Minuten-Takt über uns hergeflogen. Man hat das Gefühl, den Rumpf mit den Händen berühren zu können. Irgendwann gewöhnt man sich aber an den infernalischen Lärm. Und ich kann wieder meinen Lieblingsbeschäftigungen nachgehen: mich darüber freuen, dass ich mit einer tollen Frau im Urlaub bin und mir über alles und jeden Gedanken machen.

Dieser Urlaub ist natürlich durchzogen von Liebe und sowas. Und die 5 Tage entwickeln sich zu einem einzigen Traum. Traumhaft auch abends die vielen Angebote in den fast ausnahmslos englischen Pubs in unserem Strandörtchen. "Buy one, get one free!", ist hier das Motto. Was wir auch reichlich ausnutzen. Und überall findet Bingo und Karaoke statt. Tagsüber schauen wir uns die zahlreichen Buchten und Strände an. Da kann man schon ins Schwärmen geraten. Und Caroline ist so bezaubernd und "Ich liebe sie".

"Häh, WEN?"

Autsch, habe ich das jetzt tatsächlich laut gesagt? Na ja, jetzt ist es raus. Das muss ich allerdings noch ein wenig nachbessern.

"Ähh, DICH natürlich. DICH natürlich!"

Doppelt sagen, doppelt sagen.

"Ich meine selbstverständlich DICH. Duzen tun wir uns ja schon lange... ähem..." Räusper, hüstel.

Peinlich. Aber gespannt auf Carolines Reaktion bin ich dann doch.

"Ja, Danke. Komm wir gehen ins Wasser. Wo gehen wir heute Abend essen?"

Ich gebe zu, dass war jetzt doch nicht so die Antwort, die ich erwartet hatte. Aber da kann sie ja stur sein. Bin ein bisschen beleidigt.

Aber 5 Tage später sieht die Welt dann schon wieder anders aus. Bei sooo einem romantischen Urlaub, da verschwinden auch die letzten Bedenken bei Caroline. Und das L-Wort höre ich doch noch. Na, dann kann unsere Zukunft ja jetzt beginnen: "Los, los, los!"

HALB LINKS

Ein Navi ist ja schon was Feines. Was wären wir ohne die moderne Technik. Satelliten, die über unseren Köpfen kreisen um die kleinen verkehrstechnisch allwissenden Geräte mit Informationen zu versorgen. Man gibt Straße und Ort ein, schon wissen diese erstaunlichen kleinen Dinger alles über die bevorstehende Route. Früher war das ein Stück Arbeit.

Erst mal die richtigen Landkarten finden. Die Dinger, die gefühlt 200-mal gefaltet sind, und die man nach Gebrauch nicht mehr zurück gefaltet bekommt. Dann benötigte man einen Kugelschreiber und ein Blatt Papier um sich in mühevoller Kleinarbeit die neuralgischen Punkte und Wegstrecken der Route aufzuschreiben. Und da hatte man noch immer keine Angaben darüber, welche Strecken eventuell gesperrt sind, wo es eine Umleitung gibt oder an welchen Stellen zurzeit ein dicker Stau besteht. Gut dass man jetzt die Navis hat.

Vielleicht bin ich undankbar. Vielleicht weiß ich diese Errungenschaft nicht zu schätzen. Aber manchmal passiert es, dass ich dieses verdammte Teil am liebsten aus dem Armaturenbrett rausreißen, in kleine Stücke zerlegen und aus dem Fenster schmeißen möchte. Beziehungsweise fachgerecht in die Recycling-Tonne werfen würde.

Mein Name ist Manuel und ich bin wahrscheinlich mit meinen fast fünfzig Jahren zu alt für sowas.

Ich spiele Gitarre und befinde mich seit einiger Zeit in einer hoffnungsvollen Findungs-Phase. Ich hoffe nämlich, eine neue Band zu finden. Daher begab es sich, dass ich mit meinem Equipment nach Düsseldorf musste. Hier wollte ich neue Musiker kennenlernen. Abends. Im Dunkeln. Von uns aus gesehen ans komplett andere Ende von Düsseldorf. Sowas stand auf der Liste mit meinen beliebtesten Tätigkeiten an erster Stelle.

Ich schnappte mir also meinen Verstärker und meine Gitarre. Es war Winter und ich hatte meinen dicken Parka und Handschuhe an. Die Schweißperlen liefen mir die Stirn runter als ich, wie so oft, die Sachen durch das viel zu warme Treppenhaus bugsierte.

Nachdem ich alles im Auto verstaut hatte, musste ich nur noch schnell die Route ins Navi eingeben. Es dauerte auch nur 20 Minuten. Ich weiß nicht, ob alle Geräte so kompliziert und umständlich zu bedienen sind, oder nur meines. Erst USB-Stick einstecken, warten, Zündung an, warten, irgendwann erscheint etwas auf dem viel zu kleinen Display. Hatte natürlich meine Lesebrille vergessen. Ich kniff die Augen leicht zusammen um besser lesen zu können. „Menü drücken". Ich drückte auf Menü. Dann folgten einige sehr umständliche Eingaben zur Straße und zum Ort. Irgendwann war es dann endlich geschafft. Die

Schweißperlen auf meiner Stirn wurden eher mehr statt weniger.

Ich fuhr los. Das Erste, was ich hörte, war: „Bitte wenden". Ein gutes Zeichen, es hatte die Tour tatsächlich schon fertig berechnet. Normalerweise benötigte es eine halbe Ewigkeit. Aber das war eine Fehleinschätzung. Die Meldung gehörte noch zur vorherigen Route. Es stellte einfach nicht auf die neuen Angaben um. Hatte ich irgendeine Taste nicht gedrückt oder irgendeinen Sprachbefehl nicht richtig ausgesprochen?

Ich musste anhalten und neu eingeben. Mein Blutdruck, der sowieso schon in Wallung geraten war, hatte die Aufwärmphase hinter sich und kam richtig in Schwung.

„Da soll man jetzt nicht den Driet dran kriegen!"

Das war so eine Mischung zwischen denken und murmeln. Zum Glück war ich allein im Auto.

Nach weiteren 20 Minuten ging es dann wirklich los. Ich war schon viel zu spät dran. Da klingelte mein Handy. Aber ich habe ja Freisprecheinrichtung.

„Sach ma, Manuel, wo bleibst du?", Thomas, der Drummer meiner potenziell neuen Band war etwas ungeduldig.

„Bin unterwegs. Hat sich leider verzögert. Sorry. Bin in einer halben Stunde da."

Nachdem die Freisprecheinrichtung meldete, dass sie aufgelegt hätte, sah es plötzlich auf dem Navi irgendwie komisch aus. Konnte ich ja nicht richtig erkennen. Altersstarrsinn, äh Alterskurzsichtigkeit meine ich natürlich.

„Bitte geben Sie eine Straße ein, oder richten Sie einen entsprechenden Voice-Befehl in das Mikrophon", sagte die Stimme.

„WAS? WIE? ICH GLAUB DAS JETZT NICHT!"

Das war jetzt kein murmeln mehr. Es saß ja sonst keiner im Auto außer mir. Allerdings der ältere Herr neben mir auf dem Bürgersteig, der mit seiner kleinen Promenaden-Mischung spazieren ging, schaute etwas verängstigt zu mir rüber.

Jetzt gab ich zum dritten Mal die Adresse ein. Nach ein paar verwirrenden Meldungen wie „bitte wenden" oder „Sie fahren nicht nach Düsseldorf" kam ich dann endlich in Düsseldorf an. Der Verkehr war heftig. Warum waren um diese Uhrzeit noch so viele Leute unterwegs? Alles fuhr scheinbar kreuz und quer. Jedem ging alles nicht schnell genug. Oft hupte jemand hinter mir.

„Hey, schaut doch mal auf mein Kennzeichen! Ich bin nicht von hier! Mein Gott!!", rief ich aus dem Fenster.

Eine richtige Hilfe war mein Navi auch nicht.

„Biegen Sie halb rechts ab!"

Wie meinen? Hier ging es nicht halbrechts. Hier ging es rechts rum und sonst nix.

Dann: „Bleiben Sie halb links!"

Welches von den drei ‚halblinksen' Straßen, die hier nebeneinanderlagen, meinte das Navi? Ich entschied mich natürlich für die falsche Straße. Ich konnte das auch nicht erkennen auf dem Display.

MEINE BRILLE!   Verdammt nochmal! Mein Blutdruck lief jetzt auf Höchstleistung.

Und warum waren die Durchsagen des Navis immer so leise? Und wo drehte man das lauter? Und was bedeutete denn jetzt schon wieder „nach 300 Metern halbrechts", wenn es nach 50 Metern schon irgendwie rechts ging und in 300 Metern nichts war?

Irgendwann kam ich dann doch noch an. Die Anderen waren total sauer. Jetzt noch alles aufbauen und spielen? Nee, keine Lust mehr. Außerdem war zwischenzeitlich noch ein anderer Gitarrist dort aufgetaucht. Der war irgendwie voll cool, wie man mir fachmännisch absagte.

Danke Navi!

DENKENDES FERNSEHEN

"Malaysia. Die Maschine mit der Flugnummer 'ZQ 250' der Indonesischen Fluglinie Air-Asia aus Jakarta landete heute mit einer Verspätung von anderthalb Tagen auf dem Zielflughafen Kuala Lumpur." verkündet Jan Hofer in den Abend-Nachrichten. Ich könnte mir vorstellen, dass ich der einzige Mensch bin, der bei dieser Nachricht denkt: Ist die Maschine etwa in einen Zeit-Strudel geraten? Oder befand sich auf dem Ozean über der "Straße von Malakka" ein Wurmloch das das Flugzeug mit Überlichtgeschwindigkeit in eine andere Galaxis katapultierte? Dort haben die Passagiere dann Unglaubliches erlebt und ich bin gespannt auf ihre Erzählungen. Und obwohl hier auf der Erde nur anderthalb Tage vergangen sind, haben die Insassen vielleicht ein ganzes Leben auf einem fremden Planeten verbracht und kommen extrem gealtert zurück. Oder sind viel jünger als vor dem Abflug.

Fragen über Fragen. Diese werden von Jan Hofer dann auch prompt beantwortet. Die Maschine ist schlicht und ergreifend anderthalb Tage später losgeflogen aufgrund der zurzeit auf Java herrschenden extremen Unwetter. Wie langweilig.

Wenn manche Menschen von mir behaupten, ich würde zu viel fernsehen, kann ich nur sagen: "Jain". Da könnte ich genauso gut sagen, andere lesen zu viele Bücher oder fahren zu viel Fahrrad. Ich bin halt ein Film- und Fernsehfreund und der Meinung, dass die Auswahl dessen, was man sich anschauen sollte, entscheidend ist. Woher soll ich sonst wissen, dass in manchen Regionen Afrikas sich Nashörner von Lagerfeuern in der Nacht gestört fühlen und diese dann vehement versuchen auszutreten. Es gibt so wahnsinnig viele Dinge, die einem ohne Interesse für Film und TV verborgen blieben. Z. B. die mit viel Witz und Charme ausgestatteten Nebenfiguren der Columbo-Serie. Wenn Columbo versucht, einen Fahrlehrer als Zeugen während einer Fahrstunde zu vernehmen und dieser, getrieben von beamtengleicher Korrektheit und 1000 Verkehrsregeln, Columbo die Leviten liest.

Ich gebe zu, dass die Fantasie ab und zu mit mir durchgeht. So z. B. wenn ich Berichte von der ISS sehe und mich darüber wundere, was die dort alles noch nicht können und wie schwerfällig so manches Manöver über die Bühne geht. Oder wenn eine Sonde auf einem weit entfernten Asteroiden landen soll. Ein kompliziertes Unterfangen. Auf der Enterprise wäre das eine Lachnummer.

Es gibt Menschen, die sich waschkörbeweise Bücher ausleihen und dann auch innerhalb der vierwöchigen Leihfrist lesen. Aber es ist doch nichts gegen einen guten Film einzuwenden. Außerdem kucke ich Dokus oder meine Lieblings-Sitcoms im Fernsehen. Ich "sehe dabei zwischen den Bildern". Nicht selten werde ich während der Sendung auf etwas aufmerksam, dass mich neugierig macht, oder zu dem ich mehr erfahren möchte. Ich denke, beide Seiten bekommen ihre Portion Fantasie dabei ab. Ihre Inspiration, ihre Infos, ihre Gefühlsausbrüche.

Die Zeit meiner Jugend habe ich als sehr unbeschwert empfunden. So geht es vielen meiner Freunde. Und es gibt sicherlich viele meines Jahrgangs, die beim Anblick von Laura Ingalls kleiner Schwester, die tapsig einen Hügel runter rennt und ins weiche hohe Gras der Wiese plumpst, ein wenig wehmütig werden.

Heute ist alles so schnelllebig, kalt und abweisend. Alle spüren den Konkurrenz-Druck im Nacken und kommen damit besser oder schlechter klar. Ellenbogen-Gesellschaft. Jeder muss den Eindruck vermitteln, alles zu können und zu wissen, bei gleichzeitiger völliger Ahnungslosigkeit. Unehrlich ist das neue Ehrlich.

Ich habe Zeiten erlebt, da konnte man während der Arbeit mit seinen Kollegen auch mal Scherze reißen, ohne sich Gedanken über Konsequenzen zu machen. Alle lachten sich schlapp und hatten Spaß. Wenn man heute in einem Meeting mit den Geschäftsführern sitzt und eine Bemerkung machen würde wie:

"Chef, ich habe die Präsentation heute mal auf klingonisch vorbereitet!", kann man sich schon mal die Telefonnummer des Arbeitsamtes raussuchen.

Nun gut, ich möchte meine Film- und TV-Affinität jetzt nicht zu sehr idealisieren, obwohl...

DER SNOOKER-SPRUCH

Das Leben ist wie ein Snooker-Match! Das wäre doch mal ein cooler Satz. Klingt wie einer der ganz großen und bedeutenden Sätze. Sätze, wie nur die Fähigsten sie sich ausdenken können. Nur Menschen, die mit all ihrer Erfahrung in einem Satz ausdrücken können was nötig ist. Einer von der Sorte, der hängen bleibt. Die jeder kennt. Der immer wieder zitiert wird, egal ob es passt oder nicht.

Dieser Satz könnte selbst Sätzen wie "Das Leben ist wie eine Pralinenschachtel" oder "Housten wir haben ein Problem" locker standhalten. Er fiel mir nach einem Tag voller Selbstreflektion und ein paar Gläsern Bier ein. Ich war begeistert. Mitten in der Nacht. Kurz vor dem Einschlafen. Mit diesem Satz könnte ich viel Geld machen. Aber ich muss geschickt vorgehen. Ich darf das nicht einfach so ausplaudern. Nicht direkt jedem erzählen. Aber wie geht man da am geschicktesten vor?

Die Menschen, die diesen Satz zuerst hören werden, sind vielleicht nicht direkt begeistert und haben wahrscheinlich nicht den Einfluss, diesen berühmt zu machen. Außerdem muss da immer mein Name darunter stehen. Kann man da die Gema einschalten?

‚Liebe Gema, ich möchte für den Satz blablabla meine Rechte anmelden. Jeder, der sich damit wichtigtut, soll an mich zahlen.' Ich glaube, so geht das nicht.

Ich hatte eine andere Strategie. Ich habe diesen Satz auf meiner Festplatte abgespeichert und mit digitalem Zeit- und Datumsstempel versehen. Und ich habe ihn ausgedruckt und zusammen mit der aktuellen Tageszeitung abgeheftet. Ja, so geht das. Dann fing ich an, den Satz (zunächst beiläufig) überall zu erwähnen. Zum Beispiel während der Probe mit meiner Band. Hendrik hatte seine Schlagzeugstöcke vergessen. Wir konnten daher nicht proben. Er musste erst nach Hause fahren und diese holen.

"Tja" sagte ich, "das Leben ist wie ein Snooker-Match! Da kann man nichts machen."

Reaktion gleich null. Noch nicht mal ein fragender Blick oder so. Nix! Die haben das bestimmt gar nicht gehört. Aber ich wollte das nicht direkt nochmal wiederholen. Es gibt ja wohl nichts Schlimmeres, als einen von diesen arroganten Sprücheklopfern, die dann auch noch so dumm sind, ihre Sprüche permanent zu wiederholen. Nein, nein. Von diesen Leuten möchte ich mich distanzieren.

Nächster Versuch. Ort des Geschehens: Stammkneipe. Kurz vor Mitternacht. Champions-League-Spiel war gelaufen. Viele Fußball-Fans waren nach dem Spiel gegangen, es blieb nur noch der harte Kern. Diejenigen, die noch ein paar Runden knobeln und danach noch bis vier Uhr morgens Dart spielen wollten. Der ideale Zeitpunkt, um meinen Spruch zu etablieren.

Als einer der Dart-Spieler erst eine Tripple 20 wirft und danach beide Pfeile neben das Board semmelt sehe ich die Gelegenheit.

"Autsch. Kann passieren. Das Leben ist wie ein Snooker-Match!"

Ich blickte in ratlose Gesichter. Ich dachte, jetzt muss doch langsam etwas passieren. Aber ich glaube, die waren einfach zu KO um neugierig zu sein.

"Du bist dran!"

Hermann hielt mir die Dart-Pfeile hin.

Ich musste eine andere Gelegenheit abwarten. Die offenbarte sich mir dann beim Familien-Weihnachtsfest. Unsere Familie ist relativ groß. Selbst, wenn wir nur im engsten Verwandtenkreis feiern, brauchen wir Platz für 30 Leute. Ist immer ein riesen Spaß. Zu späterer Stunde, nachdem tonnenweise Kuchen vertilgt und anschließend das Abend-Buffet vernichtet wurde, sitzen alle in gemütlicher Runde und man erzählt über dies und das. Mit steigendem Alkoholpegel werden die Diskussionen immer lauter. Nicht weil man sauer ist, sondern weil man sonst nicht gehört wird. Mal wieder eine passende Gelegenheit meinen Spruch zu kredenzen. Zu meinen Verwandten gehören auch Werbe-Designer. Eventuell könnten die den Spruch irgendwo in eine Werbekampagne einbinden.

Da viele in der Familie schon im fort-geschrittenen Alter sind, gehört das Thema

Gesundheit unweigerlich zum Meistbesprochenem.

"Habt ihr schon gehört, Großtante Elfriede ist aus dem Krankenhaus. Gott sei Dank. Die hat aber auch was hinter sich."

Meine Schwester bringt die neuesten Nachrichten frisch auf den Tisch. Jetzt oder nie.

"Da kann man mal sehen. Das Leben ist echt wie ein Snooker-Match!"

Autsch! Hatte ich da das Wort "echt" noch mit eingebracht? Verdammt, sowas wollte ich vermeiden. Hört sich zu jugendsprachlich an. Aber ruhig bleiben. Geschehen ist geschehen. Vielleicht geht das noch unter.

"Was willst du denn damit sagen? Manuel!" Yeah, mein Schwager geht drauf ein. "Das wir alle Billard-Kugeln sind? Das wir alle zu doof sind? Was soll das? Das hat doch mit der Sache hier nichts zu tun."

"Na ja, ich dachte..."

"Ich dachte, ich dachte.... Wenn du schon mal anfängst zu denken. Geh mal lieber in den Keller. Bier holen. Hier oben is alle."

Kacke, schon wieder danebengegangen. Irgendwie gestaltet sich das alles ganz schön schwierig. Nun ja, immerhin bin ich noch neu und unerfahren in der "Sprüche-Branche". Einfach irgendwelche Werbebanner an stark befahrenen Straßen aufhängen würde wahrscheinlich auch nichts bringen.

Was haben nur alle gegen diesen Spruch. Die einen ignorieren ihn, die anderen reagieren sauer und noch wieder andere verstehen ihn nicht. Dabei ist der doch eigentlich gar nicht so missverständlich, oder? Wie meinen? Ist er doch? Echt?

Also ich dachte es mir so. Beim Snooker gibt es 6 sogenannte "farbige Kugeln". Für diese Kugeln gibt es unterschiedliche Punktzahlen. Für die schwarze Kugel gibt es 7 Punkte. Die höchste Punktzahl. Dann gibt es 15 rote Kugeln. Diese zählen beim Lochen nur einen Punkt. Der Spieler muss immer erst eine rote Kugel versenken, dann darf er eine "farbige Kugel" versenken. Dann wieder eine rote usw. Die farbigen Kugeln werden nach dem Lochen wieder rausgeholt und auf den Tisch gelegt. Die roten Kugeln nicht. Sind alle roten Kugeln weg, werden auch die farbigen Kugeln nicht mehr wieder rausgeholt.

Na? Klar, oder? Die Metapher ist doch nun zum Greifen nah. Die roten Kugeln stehen natürlich für den sogenannten kleinen Mann. Die werden verheizt für wenige Punkte. Kanonenfutter sozusagen. Nämlich für die Großkupferten. Die farbigen Kugeln. Egal, wie die weggelocht werden, sie werden wieder herausgeholt aus der Versenkung. Erst wenn das ganze Kleinvolk weg ist, geht es denen auch an den Kragen.

Also gut, je länger ich darüber nachdenke…. War wohl doch nicht so ein genialer Spruch. Ich melde mich, sobald ich was Neues hab. Gehe erst mal Bier holen. Hier oben is alle.

STIRB GAR NICHT

Torben besucht seine Oma im Altenheim.

Torben: "Tach Oma"

Oma: "Häh?"

Torben: "TACH OMA."

Oma: "Hallo Tobbie. Bist spät dran."

Torben: "HAB NOCH FERNSEHEN GEKUCKT."

Oma: "Was gab´s denn?"

Torben: "Stirb langsam."

Oma: "Häh?"

Torben: "STIRB LANGSAM"

Oma: "Wieso sagst du das? Ich soll langsam sterben? Magst du deine Oma etwa nicht mehr? Lausebengel..."

Ein sehr gutes Beispiel, wie wenig die Filmwelt oft mit der realen Welt zu tun hat und dass eine Vermischung manchmal nichts Gutes mit sich bringt. Das funktioniert nur, wenn beide Seiten zumindest ansatzweise über einen gleichen Wissensstand verfügen.

In der Erziehung ist eine Vermischung ebenfalls mit Vorsicht zu genießen.

"ICH BIN DEIN VATER!"

"Papa, du bist schon wieder peinlich."

Ist denn das Universum des Films wirklich so weit vom realen Leben entfernt? Es gibt viele Werke, die um Realismus bemüht sind. Wie bei unserem oben bereits erwähnten Beispiel 'Stirb Langsam'. Bereits die aus dem Leben gegriffene

Handlung überzeugt. Er kommt zu Weihnachten nach Hause geflogen um die Probleme mit seiner Frau zu lösen. Diese wird bei einer unglaublich kostspieligen Feier plötzlich Opfer einer Geiselnahme. Und obwohl der Ehemann erschossen, erstochen und diverse Male zusammengehauen wird, steht dieser wie selbstverständlich wieder auf und zeigt den Entführern wo es langgeht. Realer geht's doch gar nicht.

*

Aber mal ehrlich, Kinofilme die die reale Welt zeigen? Will man das? Warum nicht? Man wird so oft in eine Traumwelt entführt oder vom wirklichen Leben abgelenkt. Da sind Filme mit realen Handlungen einfach unverzichtbar.

Aber ich gebe zu, dass für mich Kino eigentlich bedeutet, weggetragen zu werden in eine Fantasie-Welt. Das fängt doch schon im Kleinen an. Betrachtet man die Dialoge genauer, stellt man fest, dass diese in der Form so in der wirklichen Welt niemals stattfinden würden. Das betrifft auch die Filme, die um Realismus bemüht sind. Die Autoren haben einfach zu viel Zeit die Dialoge auszufeilen.

Wenn zum Beispiel jemand von einem Gangster mit einer Waffe bedroht wird und dann dem Pistolero entgegenschmettert:

"Genieße diese letzten Momente Deiner Macht. Tötest du mich, werden zehn andere nach mir kommen und mich rächen!"

Also ich würde in so einer Situation höchstens: "Whrgnlpfff...", oder gar nichts rausbringen.

Was mich auch total aufregt, wenn Kinder ausgefeilte Dialoge sprechen und klingen wie altkluge, alles besserwissende, verwöhnte Erwachsene. Niemals würde ein 10-jähriger große Weisheiten über die Themen des Lebens rausbringen.

Eher sowas wie: "Boah, geil! Die neue X-Box!", und nicht: "Dad, es gehört schon etwas mehr dazu, den bei mir durch eure Trennung angerichteten Schaden mit Hilfe einer X-Box zu kompensieren. Mir ist bewusst, ihr hattet eure Gründe. Aber ist es das wert? Ihr seid Seelenverwandte. Das musst du doch merken?"

*

"Der Koffer mit Informationen über den Plutonium-Deal befindet sich in dem alten Haus in der Sherman-Street 483a, zweiter Hinterhof, 3. Etage im Safe hinter dem großen Bild im Wohnzimmer. Du musst dir die Kombination für den Safe merken: 40928837884. Und das Zahlenschloss am Koffer hat die Nummer 5858! Jetzt geh, rette die Welt und kümmere dich anschließend um meine Kinder Clayton und Amber. Du findest sie in der Thatcher-Avenue 134. Klingel bei Abigel Worshesterton und sag ihr die Losung: Der kleine Iltis hat das Lager verlassen! Sie wird dir dann die Kinder geben. Zwei Straßen weiter wirst du einen Wagen finden mit dem

Kennzeichen: VXW-a87733. Der Schlüssel liegt auf dem linken Hinterrad."

Kein Schwein würde sich doch solche Daten, die wir von dem dahinsterbenden Informanten in seinen letzten Atemzügen bekommen, merken. Wohlgemerkt, er sagt das nur einmal und der Super-Agent hat auch nichts zu schreiben dabei. Aber er merkt sich das. Er geht zu dem Haus, trickst nebenbei die dort bereits wartenden Kollegen des organisierten Verbrechens aus, öffnet Safe und Koffer, holt die Kinder und bringt diese mit dem dafür vorgesehenen Wagen an einen Ort, an dem die beiden fortan glücklich und unbehelligt ihr Leben führen. Dazwischen lernt er drei Frauen kennen, mit denen er heiße Stunden verbringt. Zwei der drei Frauen wollen ihn natürlich nach dem Sex killen, aber er hat ja währenddessen den unter dem Kopfkissen liegenden Revolver gesichert und die Patronen entfernt. Da vergehen doch höchstens noch 5 Jahre bevor der einen Mega-Burn-Out bekommt.

In den 80er- und 90er-Jahren gab es eine Menge richtig guter Aktion-Filme. Aber eben nicht nur. Ich finde es sehr ärgerlich, dass man heutzutage in Hollywood offensichtlich der Meinung ist, ein Aktion-Film wird besser, wenn er mehr Explosionen hat als der vorhergehende. So eine Einstellung lässt dieses Genre zur Farce werden. Früher hatte man die Aktion in eine Handlung gepackt, die wirklich spannend war. Und, last but not least, auch nachvollziehbar. Heutzutage müssen die Akteure permanent durch die komplette Welt von einem Ort zum anderen hüpfen und 17 Handlungsstränge nebeneinander bedienen. Und das alles bei 5 Bildschnitten pro 10 Sekunden und mit verwackelter Handkamera. Tempo von Anfang an und kein Platz mehr für Dynamik. Wo sind die Filme geblieben, bei denen zunächst eine halbe Stunde scheinbar gar nichts passierte und es dann umso heftiger wurde?

Die Technik schreitet mit schnellen Schritten voran. Damals ist man total begeistert gewesen, wenn ein Stuntman in einem ziemlich naiv aussehenden Gummi-Anzug ein angebliches Monster aus dem Moor gespielt hat. Bei Raumschiff Enterprise war der Himmel auf den Klasse-M-Planeten meistens Lila und die Felsen ganz offensichtlich aus Pappe. Heutzutage ist es überhaupt kein Problem mehr, alles nur noch virtuell darzustellen. Ganze Städte werden mit einem Schlag von der Flutwelle vernichtet? Kein Problem. Wo führt das hin? Es braucht Regisseure, die diese Technik zwar einsetzen können, aber nicht vergessen, worauf es wirklich ankommt: nämlich Gefühle beim Zuschauer zu erzeugen und diesen mitzureißen. Filme, hergestellt nach alter Handwerks-Kunst sind mir da immer noch lieber. Weniger CGI, dafür wieder mehr echte Kulissen.

Der nächste Tarantino kommt bestimmt. Ich freu mich drauf.

DIE HÖLLE

"Aus den Lautsprechern ertönt das Lied 'By the rivers of Babylon', auf der Bühne steht ein DJ. Ein DJ? Darf man jemanden so nennen, der sowas veranstaltet? Er ist komplett in Weiß gekleidet. Die kleine Bühne ist ebenfalls komplett in Weiß gehüllt. Die beiden Stehtische sind mit weißen Hussen ummantelt. Der junge Mann hinter dem Plattenteller, vor Haar-Gel triefend, grinst wie ein bekifftes Honigkuchenpferd. Er schwingt leicht die Hüften. Er wirkt dabei wie ein Hetero, der sich gerne schwul bewegen möchte. Es aber nicht hinkriegt. In gewissen Zeitabständen blubbert er etwas ins Mikrofon um seine Zuhörer zum Tanzen zu animieren. Etwas wie: 'Willkommen bei unserem Schlagerabend. Dieser trägt den Titel 'Herz auf, die Gefühle kommen'...' oder '...jetzt fordern bitte die Damen mal die Herren auf. Ja genau. Seien sie mutig. Das geht hier alles nach der Reihe. Jeder findet einen Partner.' Die Worte wirken mechanisch und eingeübt. Keinerlei Spontanität. Kein Frohsinn...

Das Publikum passt ins Bild. Man hat sich schöngemacht. Abendgarderobe. Die Art von Ausgehgarderobe, wo der Mann sich ein modisch kariertes Hemd mit kurzen Ärmeln anzieht. Der Kragen ist hochgestellt. Ein leichter Pullover locker über die Schulter gehangen. Stoffhosen. Frisch geduscht, der Schnauzbart gestutzt. Weiße Slipper mit Gummisohlen, damit man auf dem Parkett locker und beschwingt das Tanzbein hebt. Aber gerade eben dies sieht hölzern aus, zuckende Bewegungen als würde ein preußischer Oberfeldmarschall des 19. Jahrhunderts zum ersten Mal tanzen.

Bei den Frauen ist es ähnlich. Figurbetonte Kleider. Elegant, aber nicht zu elegant. Genau richtig für diesen Anlass. Blümchenmuster sind wieder angesagt. Knielang. Hohes Schuhwerk. Trotzdem kann damit, nein, muss damit getanzt werden. Schleife im Haar. Sieht niedlich aus. Ein bisschen 50er-Flair. Braun gebrannt mit makelloser Haut. Sonnenbrille, obwohl es schon dunkel ist.

Es sind viele Leute da. Fast alle aus dem Hotel. Alle Tische sind besetzt und um den großen Pool stehen die Liegen. Auch diese sind alle belegt. Frauen und Männer sitzen darauf. Stocksteif. Als hätten sie ein Brett verschluckt. Einige wenige lächeln zaghaft. Das macht ein gutes Aussehen. Man wird ja von anderen beobachtet. Ein paar tanzen wie Roboter auf der Tanzfläche zu den technischen Anweisungen des sogenannten DJ´s. Fast jeder hat einen Cocktail neben sich auf dem kleinen Beistell-Tischchen stehen. Kaum einer spricht. Wie eine Szene aus einem Stanley-Kubrik-Film wirkt das alles surreal, unecht und verzerrt. Man könnte meinen, man befände sich in einem Science-Fiction-Film aus den 70ern und alle, die ein gewisses Alter erreicht haben, werden gleich abgeholt um dann zu „Soylent Green" verarbeitet zu werden.

'Bitte nehmen Sie jetzt alle ihre Karten raus!' befiehlt der DJ. Das Bingo-Spiel kann beginnen. Das Lächeln auf den Gesichtern aber bleibt verborgen. Kinder laufen ständig um den Pool rum. Sie laufen raus und rein. Bringen ein wenig Bewegung in das Stillleben. Wie bei einer nächtlichen Fotografie, die mit langer Belichtungszeit aufgenommen wurde, auf der man ruhende Gegenstände gestochen scharf, aber die Scheinwerfer der Autos als Leuchtstreifen sieht. So nimmt man die Kinder als Lichtblitze, die Eltern und Großeltern aber als Hochhäuser wahr.

Dieser Abend wird als etwas Besonderes in Erinnerung bleiben, da Bingo gespielt wurde. Das wird es an den anderen Abenden nicht geben. Die Tage sind nicht anders. Die Essenszeiten müssen genau eingehalten werden. Aber das ist kein Problem. Die Gäste sind das gewohnt. Würden es gar nicht anders haben wollen. Die morgendliche Reservierung einer Liege am Pool mit einem Handtuch wird früh durchgeführt. Zwischen aufstehen und Zähne putzen. Die Schlangen am ewig gleichen Buffet machen niemanden wütend. Warum auch? Man erzählt mit seinem Gegenüber vom gestrigen Bingo-Abend.

Individualität macht hier keinen Sinn. Gefühle werden ausgeschaltet. Stumpfsinn macht sich..."

"Ist ja gut, Manuel!", unterbricht mich Caroline.

"Ist ja gut. Wir werden nicht nach Albufeira in das riesige Hotel in Urlaub fahren. Und wir werden auch kein 'All inklusive' buchen."

Geht doch.

KAROTTEN MIT STEINEN GEWASCHEN

Es ist Mittwochabend. Das kann nur eines bedeuten: Probe mit meiner Band. Wir haben einen kleinen Proberaum in der nah zu meinem Heimatort gelegenen größeren Stadt. Der Proberaum befindet sich im Keller eines Mehrfamilienhauses. War wohl mal ein Luftschutzkeller. Entsprechend abgedichtet hat er den Vorteil, dass die laute Musik nicht zu den armen Nachbarn dringt. Nachteil: die Luft ist so stickig, dass man spätestens nach einer halben Stunde eine kleine Pause zum Lüften einlegen muss. Dieser Rhythmus kommt uns natürlich bei unserem Zigarettenkonsum entgegen.

Die Band trägt den stolzen Namen "Mad Guitar M.", was einen unbestreitbaren Bezug zu meiner Person darstellt. Ich muss aber zu meiner Verteidigung erwähnen, dass der Vorschlag zu diesem Namen nicht von mir kam, allerdings von mir auch nicht abgelehnt wurde. Unsere Musikrichtung nennen wir "Jasorock", weil das immer unsere Antwort ist auf die Frage: "Wat macht´n ihr so?"

Da ich noch etwas Zeit habe bis zur Probe, schalte ich den Fernseher an. Ich sehe eine Nachrichtensendung mit einer Moderatorin, die ich locker schon seit 20 Jahren kenne.

"Die hat sich überhaupt nicht verändert."

Meine Frau Caroline ergänzt: "Warum interessiert Dich das denn?"

Hörte sich das jetzt eifersüchtig an? Ich glaub das ja wohl nicht. Meine Frau und ich haben ein tolles Verhältnis. Wir lieben uns mit Haut und Haaren. Aber sie reagiert immer ein klein wenig allergisch, wenn ich Äußerungen über andere Frauen mache. Ok, ich übertreibe es auch manchmal, wenn mir z. B. ein "Wow" entgleist beim Anblick einer heißen Frau. Das geht natürlich nicht. Ich lerne dazu.

Der Anblick der Moderatorin veranlasst mich über die Zeit nachzudenken. Wahnsinn, wie schnell die Jahre dahinfliegen. Ich kann mich noch gut daran erinnern, wie sie ihre erste Sendung im Fernsehen hatte.

Mir wird mulmig, wenn ich bedenke, dass man sich heute über seinen nächsten Urlaub in 6 Wochen freut und denkt: "Boah, dass dauert ja noch ewig." Einen Gedanken später ist besagter Urlaub schon 5 Jahre her, man kramt irgendwoher die Bilder raus und lacht sich darüber kaputt wie man damals noch aussah.

Wenn man sich noch seiner Jugend erfreut sind solche Jahressprünge nicht so gravierend. Aber mit fast 50 sieht die Sache anders aus. Ich war sowieso schon immer der Ansicht, dass man im Kindesalter die Zeit als etwas Statisches ansieht. Etwas, dass sich nicht verändert. Opa und Oma waren halt alt. Die Eltern waren die Eltern. Größere Geschwister waren doof und dann gab es da noch die Gleichaltrigen zum Spielen. Das veränderte sich nicht. Ich habe eine unbeschwerte Kindheit genießen dürfen. Daher habe ich mir über sowas als

Kind nie Gedanken machen müssen. Die Dinge waren so wie sie waren.

Ich hinterfragte auch nicht. Das Essen schmeckte wie es schmeckte. Ich wollte nicht wissen, welche Gewürze verwendet wurden oder wie lange der Braten im Ofen war.

Ähnlich ging es mir mit der Musik. Ich hatte als kleines Kind ja noch keinen Musikgeschmack gebildet. Ich nahm die Musik so hin wie sie war. Tony Marshall auf den Feten meiner Eltern und Rolling Stones auf denen von meinem älteren Bruder. Damals glaubte ich zuerst wirklich, dass meine Schwester meine Nase in der Hand hielt und nicht ihren Daumen.

Und dann die 80er. Ich sehe Künstler, die damals voll im Saft standen, heute über 70 sind und nochmal auf eine letzte Tour gehen (wieder einmal). Ich erinnere mich an die Musik und denke doch noch genauso wie damals.

Ok, die Mode. Damals sahen alle so aus wie karikierte Geheimagenten aus einem 50er Jahre Comic. Mit ihren Schulterpolstern und der total unnatürlich eckigen Art zu tanzen. Die Mode visualisiert uns am deutlichsten, dass die Zeit vergeht und wie schnell sie das tut.

Was für eine unbeschwerte Zeit es war. Mittlerweile ist das anders. Oma und Opa sind schon lange tot, und ich muss feststellen, dass auch jüngere Menschen, die einem nahestehen, nicht von schlimmen Schicksalen verschont bleiben.

Es wird einem immer deutlicher, was die Zeit für ein unerbittlicher Faktor ist. Wie bewundernswert sind Menschen, die sich darüber keine Gedanken machen und unbeirrbar ihr Leben weiterleben. Die ihre innere Mitte gefunden haben. Davon bin ich weit entfernt.

Ich finde, egal wie alt man ist, man sollte noch irgendetwas vorhaben. Das hängt natürlich von den Möglichkeiten ab, die sich einem bieten, sofern sie sich einem bieten.

Na da habt ihr mich ja jetzt endlich wieder, meine Grübeleien. Aber dieses Mal werde ich mich nicht darin verlieren. Schließlich ist es kurz vor acht und ich muss dringend los zur Probe.

Ich packe also meine sieben Sachen, verabschiede mich durch lautes Rufen von Caroline, schließe die Wohnungstür hinter mir und nehme die ersten Stufen im Treppenhaus in Angriff.

"Ach Manuel...", höre ich ganz leise aus der Küche "...mhglieihgrssass".

Häh? Ich stehe im Treppenhaus gestiefelt und gespornt mit fettem Wintermantel, Schal und Handschuhen. In der rechten Hand einen fast 30 Kilogramm schweren Gitarrenverstärker, in der linken nicht minder schweres Zubehör und meine E-Gitarre auf den Rücken geschnallt. Es ist sehr warm und ich gebe mir alle Mühe mit meinem sperrigen Gepäck nicht ausnahmslos jede Stelle der Wand, des Treppengeländers und der Treppe zu katschen.

Und meine Frau spricht in einer normalen Lautstärke aus der Küche ganz in Ruhe weiter mit mir. Ich verstehe kein Wort. Na ja, ich denke, da kommt noch was.

....

....

....

................."WAAAAAAASSSSSS IIISSSSST?", brülle ich gefühlte 30 Minuten später, meine Arme sind schon 10 cm länger.

Da taucht Caroline in der Tür auf: "Wollte dir nur noch sagen, dass ich dich liebe. Bestell schöne Grüße und viel Spaß."

Wie gesagt, wir lieben uns sehr.

AUSWEICHMANÖVER

So! Ich habe mich entschieden in dieser Sache nichts mehr zu unternehmen. Ich werde mich einfach damit für alle Zeiten abfinden müssen. Wenn ich irgendwo die Straße langgehe, zum Beispiel auf einer Fußgängerzone, bin ich immer derjenige, der den entgegenkommenden Passanten ausweichen muss. Es scheint sich hierbei um eine Art Naturgesetz zu handeln.

Äußere Umstände spielen keine Rolle. Egal ob es regnet oder die Sonne scheint, egal ob in einer größeren Stadt oder in einem kleinen Dorf. Ich weiche aus. Ebenso spielt es keine Rolle, ob ich mit einem Freund zusammen da langgehe. Mein Freund wird immer schnurstracks geradeaus gehen. Und ich hample wie ein Slalom-Läufer nach rechts und links und bin gezwungen, die doppelte Wegstrecke zurückzulegen.

Dabei bin ich mit meinen eins dreiundachtzig nicht der Kleinste. Caroline hat mir auch schon oft bescheinigt, dass ich breite Schultern habe. So leicht kann man mich also nicht übersehen. Außerdem kann ich auch ganz grimmig kucken wenn mal wieder einer auf mich zukommt. Alles egal.

Und soeben habe ich mich zu befreien versucht. Keinen Bock mehr auf diese 'der Klügere gibt nach'-Nummer. Ich bleibe in der Spur! Brust raus, Bauch rein, Schultern gerade und einen Blick aufgesetzt, als hätte man Rambo seine M16 weggenommen. Ich gehe bei uns die Fußgängerzone lang. So viel ist zurzeit nicht los. Nicht viele Menschen. Doch dann kommt er. Er kommt genau auf mich zu. Ich schätze ihn so auf 55 Jahre. Halbglatze, John-Lennon-Brille auf der Nase, androgyn-adipöse Erscheinung mit einem etwas zu grell fliederfarbenem, flippigen Anzug und einem Seidenschal. Er macht keinerlei Anstalten seinen Kollisionskurs zu ändern. Obwohl er mich eindeutig sieht.

Es passiert, was passieren muss. Wir stoßen zusammen. Nicht so heftig, dass wir uns in ärztliche Behandlung begeben müssen, dafür aber auf irgendwie peinliche Art und Weise. Wir stupsen mit unseren Nasen zusammen. Und ich bekomme Ärger.

"Sagen Sie mal, junger Mann! Haben Sie keine Augen im Kopf?"

"Doch, ich schon. Aber Sie offenbar nicht! Sie kriegen ja wohl gar nix mit von ihrer Umwelt!"

"Wie bitte? Das ist ja ungeheuerlich. ICH bin der große Gregorius und führe in München eine außerordentlich gut florierende Schauspielschule für Fußballer. Jawohl. Ich verdiene damit Millionen. Und warum ist das so? Sicherlich nicht, weil ich von meiner Umwelt nix mitkriege. Erst neulich haben wir unser erstes Stück uraufgeführt mit dem Titel 'Der sterbende Schwan'. In der Rolle der 'Unschuld vom Lande' haben wir einen weltbekannten holländischen Fußball-Star gehabt. Und Sie? Was haben Sie denn vorzuweisen? Sie impertinente Person."

"Ich lass mir doch von Ihnen doch keinen Vortrag halten. Ich will hier einfach nur die Straße langgehen. Immer bin ich der Karl-Napp der allen ausweichen muss. Jetzt ist mal jemand anderes dran. Zufälligerweise sind das nun mal Sie!"

"Sie haben Mundgeruch."

"Was?"

"Was haben Sie gegessen? Na ja, hier auf dem Land stinkt ja sowieso alles irgendwie nach Kuhdung."

Er wedelt etwas mit seinem seidenen Taschentuch.

"Warum gehen Sie nicht zurück nach München? Was machen Sie überhaupt hier? Anderen Leuten auf den Keks gehen? Unsere Stadt ist doch gar nicht gut genug für Sie! Hier ist es doch gar nicht nobel genug für Sie. Sie arroganter Affe."

"Also jetzt ist es aber genug. Mäßigen Sie sich! Sie wissen gar nicht, was für ein Glück Sie haben, so süß auszusehen mit ihrem aufgesetzten, wütenden Gesicht und den Grübchen. Andernfalls wäre ich wahrscheinlich schon längst zu körperlicher Gewalt übergegangen."

"Sie? Körperliche Gewalt? Sie wissen doch gar nicht, was das ist! Das haben sie doch sicherlich noch nie erfahren!"

"Stimmt, habe ich auch nicht. Ich bin nämlich Pazifist!"

"Das bin ich auch!", schreie ich.

"Jawohl!"

"Genau!"

"Ja, ähhh, eben!"

"Was ist hier eigentlich los?"

"Keine Ahnung."

"Also ich hätte jetzt Lust auf einen Kaffee. Sie auch? Ich lad Sie ein. Erzählen Sie mir doch mal was über München. Schauspielschule? Ich wollte auch schon immer Schauspieler werden..."

MARKTBEHERRSCHUNG

Ich glaube, ich habe abgenommen. Die Sonnenbrille rutscht mir immer von der Nase. Dachte ich. Es lag aber daran, dass mir die Schweißperlen auf dem Kopf nur so runterliefen. Immerhin waren es fast 50 Grad in der Sonne. Warum musste man auch in der Hauptsaison in den Süden? Weil es dann schön warm ist. Damit wird man ja in unseren Breitengraden nicht so verwöhnt.

Oft schon fand ich die Reaktion von Caroline bemerkenswert, wenn wir bei solchem Wetter am Strand lagen und es plötzlich etwas schattig wurde, da sich eine kleine Wolke vor die Sonne geschoben hatte: "Wird jetzt doch ein bisschen frisch hier."

Wir beide setzten uns in eine kleine Strandbar und tranken dos cervezas grandes. Dabei besprachen wir unsere zukünftigen Urlaubsaktionen. Wir beschlossen, den nächsten Tag auf den großen Markt zu fahren. "Aber bitte keine Taschen aus Ziegenleder!" beschwor ich Caroline. Die Ziegentasche, die wir uns im letzten Urlaub gekauft hatten liegt immer noch in einem selbst erschaffenem geruchsdichtem Vakuum-Verließ im Keller in einer verbarrikadierten Ecke. Wir hatten sie einmal zu einem Treffen bei Freunden mit. Gott sei Dank gab es dort Käse-Fondue. Alle unsere Freunde rümpften den ganzen Abend die Nasen und schauten verächtlich auf die Tasche. "Das ist das Fondue! Das ist das Fondue!" beschwor ich.

"Ja, ja. Schon gut.", erwiderte Caroline. "Aber auch Du, mein lieber Manuel, wirst dich zusammennehmen. Lass dir nicht schon wieder jeden Mist aufschwatzen. Wir haben zu Hause bald keinen Platz mehr für den ganzen Tinnef."

"Ohh nein. Diesmal bin ich gewappnet. Ich habe die absolute Beherrschung. Habe mich vorher schlau gemacht und gegoogelt wie man sich am besten gegen allzu aufdringliche Händler wehrt."

"Aber nicht mit Handgreiflichkeiten, oder?"

"Quatsch, wie kommst du denn darauf, mein Schatz? Ich werde neu erlernte Verhandlungs-strategien einsetzen. Marktbeherrschung, so zu sagen."

Am nächsten Tag gingen wir zunächst mal zum Bankomaten. Schließlich benötigt man ja Geld für die ganzen Sachen, die man sich auf keinen Fall andrehen lassen will. Dieses Vorhaben entwickelte sich jedoch etwas schwierig. Zunächst mal stand der Automat in der prallen Sonne. Man konnte auf dem Bildschirm fast nichts erkennen. Außerdem war er total versandet. Kein Wunder, hier bläst wirklich oft ein heftiger Wind. Wir standen vor der Tastatur und versuchten mit den Händen dem Bildschirm etwas Schatten zu spenden. Die Anzeige war kaum zu sehen. Die Buchstaben waren in der Anzeige irgendwie nicht ganz vollständig. Das Bild hatte Macken. Als Erstes musste man auswählen, in welcher Sprache man die Eingaben machen wollte. Da wir es nicht erkennen konnten, wählten wir versehentlich "Finnisch" aus. Na super. Französisch oder Spanisch wäre ja noch gegangen.

Wir überlegten, was als nächstes im Menü kommt. Die Eingabe der Geheimzahl? Nein, nein.

"Erst muss man doch auswählen, was man überhaupt machen will. Auszahlung, Kontoauszug usw."

Das wusste ich noch vom letzten Mal. Aber was heißt Auszahlung auf Finnisch? Wir drückten eine Taste. Der Automat spuckte einen Zettel aus: "Muchas gracias"

Häh? Wir drückten eine andere Taste. Piep. Eine andere Taste. Krächz.

"Also gut, drück auf den roten Abbruch-Knopf", sagte ich.

Piep. Sonst nix.

"Egal, wir haben noch was dabei. Wir kommen auch ohne neues Geld aus.", prophezeite Caroline. "Gut und schön, aber wie kriegen wir die Karte wieder raus?", unterbrach ich Carolines Versuch, sich in Richtung Markt auf den Weg zu machen. Wir verbrachten gefühlte zwei Stunden damit, ein paar Finnen ausfindig zu machen. Diese konnten dann helfen. Leicht genervt ging es endlich zum Markt.

"Lass uns doch bitte erstmal irgendwo hinsetzen und was trinken. Die Bankomaten-Aktion hat mich ganz schön durstig gemacht"

Gerne kam ich Carolines Wunsch nach.

"OK, lass uns da vorne hinsetzen."

"Aber da doch nicht Manuel."

Ach ja, richtig. Sie hatte natürlich Recht. Ich hatte eine von Carolines Regeln zum Thema "sich irgendwo hinsetzen um was zu trinken" nicht beachtet. Nämlich Regel Nummer 2: die Sitzplätze dürfen nicht im Durchzug stehen.

"Und außerdem steht keiner der Stühle in der Sonne." Regel Nummer 1.

Lustig auch Regel Nummer 3: keine Stühle die komische Muster auf den nackten Oberschenkeln zurücklassen. Diese Regel kommt aber nur zum Tragen, wenn sie einen Minirock trägt.

Frisch gestärkt stürzten wir uns ins Getümmel. Es war mächtig viel los und ich hatte viel damit zu tun auf meine Brieftasche aufzupassen. Kaum waren wir drin, schon sprach mich die erste Marktfrau an. Ich hatte den Fehler gemacht und ganze zwei Sekunden auf die in der Auslage befindlichen Kopfhörer zu kucken.

"Du Interesse an Kopfhörer. Ganz billig. Sonderangebot. Bueno!"

Nein, diesmal lasse ich mir nix andrehen. Außerdem waren 35 Euro definitiv zu viel und schon gar nicht bueno. Ich drehte mich weg. Aber sie hielt meinen Arm und holte gleichzeitig einen kleinen Schreibblock und einen Bleistift hervor. Sie schrieb eine Zahl auf: 30.

"No necesito!", sagte ich in perfektem Spanisch. Hah, die erste taktische Maßnahme zeigte Wirkung.

Sie schrieb auf den Block: 25 Euro.

Aber auch das ließ mich kalt. Eigentlich wollte ich ja auch gar keinen Kopfhörer.

"Du ruinierst mich!", sagte sie und schrieb auf den Block eine 15.

"Wo bleibst du denn? Lass mal weitergehen. Was stehst Du denn die ganze Zeit da rum?", waren Carolines erlösende Worte. Ich eilte zu ihr, nur um direkt in die nächste Verhandlungs-Situation zu kommen. Ein Händler mit diversen Holz-Souvenirs sprach uns beide an.

So ging das dann noch einige Zeit weiter und wir waren nach dem Markt völlig fertig. Zum Glück fanden wir anschließend direkt eine Bar die den Sitz-Regeln entsprach.

Die Hauptsache war, dass ich diesmal standhaft geblieben war. Das einzige was ich gekauft hatte war: einen Kopfhörer (direkt am ersten Stand), drei Bücher in finnischer Sprache, zwei Topflappen, ein kleines Radio, einen ferngesteuerten Hubschrauber, eine total witzige kleine Saftpresse, drei T-Shirts und ein fünf Zentimeter großes Holzmännchen mit einem absurd großen Penis den man ein- und ausklappen konnte.

Für den Rückflug mussten wir 50 Euro nachbezahlen, da unsere Koffer viel schwerer waren als beim Hinflug. Aber macht ja nichts, schließlich hatte ich ja alles total runtergehandelt. Meine Marktbeherrschungs-Strategie hatte gut funktioniert.

DER BESUCH IM KRANKENHAUS

Es war einmal an einem regnerischen Wintertag, als meine hypochondrischen Fähigkeiten mich dazu zwangen, dringend meine Schilddrüse überprüfen zu lassen. Ich hatte ständig Schluckbeschwerden, was mich nachts sogar beim Einschlafen behinderte. Die zuerst durchgeführten Standard-Maßnahmen, Besuch beim Hausarzt und dann beim HNO, brachten mir außer den vom Arzt empfohlenen Lutschpastillen nichts ein. Da ich aber als Hypochonder schon mehrere Jahre Berufserfahrung hatte konnte mich das natürlich nicht aus der Reserve locken. Ich erkenne ein Placebo, wenn ich es sehe.

Es musste ein schwereres Geschütz aufgefahren werden. Und dieses nennt sich "Szintigramm"! So´ne Art Röntgenaufnahme. Der Clou bei der Sache ist, dass man vorher radioaktives Zeug in die Venen gespritzt bekommt. Hammer, was es nicht alles gibt.

Das Problem bei der ganzen Angelegenheit war, dass ich etwas tun musste, was ich gar nicht gerne mache. Da es sich hierbei um sogenannte Nuklearmedizin handelt, hatte ich nicht die Möglichkeit, die Untersuchung in dem kleinen übersichtlichen Krankenhaus meines Heimatortes durchführen zu lassen. Der Ernstfall trat ein. Ich musste dafür in die nächste Großstadt. Termin: 8 Uhr morgens. Ich hasse es mit dem Auto zur Rush-Hour in die Großstadt zu fahren. Stop-and-go fast

25 Kilometer lang. Alle sind total aggressiv und ich lasse mich davon oft anstecken. Keiner nimmt Rücksicht auf den anderen. Auch wenn man offensichtlich nicht aus dem Ort kommt und sich nicht auskennt. Staus an ungewöhnlichen Stellen mit denen man nicht gerechnet hat. Außerdem ist es nicht leicht, das zeitlich zu planen. Man muss ja rechtzeitig zum Termin da sein, sonst kann man wieder monatelang auf einen neuen warten. Da ist für mich der Stress schon vorprogrammiert. Kacke.

Genauso kam es dann ja auch. Erstmal mitten in der Nacht aus dem Bett schälen. Den merkwürdigen Mann im Spiegel kannte ich ja mittlerweile schon. Schnell noch einen Kaffee und dann ab ins Auto. Ich war froh, dass Caroline mich begleitete. Immerhin hatte ich ja Sorge, dass die Diagnose nicht so toll ausfällt. Ein Raucher mit Beschwerden in der Nähe des Kehlkopfes?! Schließlich wachsen und gedeihen meine eingebildeten Symptome nicht auf dem Nährboden fachlicher Unwissenheit. Außerdem bildet Caroline immer den ruhenden Pol. Wenn ich mal wieder am liebsten austicken würde, holt sie mich auf den Boden der Tatsachen zurück.

So, jetzt sind wir ja immerhin schon im Auto angelangt. Es wäre gelogen zu behaupten, dass ich eben schnell das Navi auf meinem Handy einstellte. Schon aus dem Grund nicht, da ich mal wieder meine Lesebrille in der Wohnung vergessen hatte. Irgendwann ging es dann endlich los. Das Wetter passte sich an. Regen, graue Wolken, kalt, ätzend.

Allein der Weg aus unserem Ort heraus gestaltete sich quälend lang. Was den in mir selbst erweckten nervlichen Druck noch erhöhte. Ich erinnerte mich an alte Fernsehserien. Könnte ich doch einfach nur meinen Emotions-Chip ausschalten, wie der Android "Data" von der Enterprise. Es gab doch auch mal eine Serie auf dem Zweiten mit dem Namen "Männer ohne Nerven".

Irgendwann kamen wir dann doch an der Klinik an und bewegten uns sogar einigermaßen im Zeitrahmen. Allerdings gestaltete sich die Parkplatzsuche recht zeitintensiv. Die Uhr tickt! Dann betraten wir endlich das Klinik-Gelände. Man könnte auch sagen: Werksgelände. Sowas hatte ich noch nicht gesehen. Man wurde regelrecht erschlagen von der Weitläufigkeit. Nuklear-medizin: Gebäude Nummer 17a. Erst mal den Standort auf dem Lageplan suchen. Alles wirkte bei mir auf den ersten Blick so unpersönlich. Kalt und grau, wie das Wetter. Die Klinik besteht aus diversen Gebäuden. Alles streng nach Thema getrennt. Schwangerschaftsstation, Männerstation, Reha, Psychologie usw. Die Häuser wurden nach und nach gebaut oder verändert. Diverse Baustile. Von manchen hatte ich den Eindruck, dass es sich um alte Stasi-Kader-Schulen handelt. Nicht, dass ich wüsste, wie so eine aussieht. Aber so stelle ich sie mir vor.

Nach 10-minütigem Fußmarsch kamen wir im richtigen Gebäude an. Dann die nächste Bewährungsprobe für meine Nerven. Die

Anmeldung. Nümmerchen ziehen. Wir bekamen Nummer 46! Es war kurz vor acht. Hatten die an diesem Morgen wirklich bei null angefangen? Zwei der fünf Anmeldeschalter waren besetzt. Nummer 42 war die Nächste. Warum brauchen die so lange? Was gibt es denn da stundenlang zu bereden? Überweisung abgeben, Namen notieren, Krankenkassenkarte durch die Tastatur ziehen und fertig! Caroline redete beruhigend auf mich ein. Wahrscheinlich auch deswegen, weil meine Halsschlagader pochenderweise von außen zu sehen war.

Ich fand das alles hier furchtbar. Jetzt mal abgesehen von meinen Nerven und meiner bevorstehenden Untersuchung. Die Gebäude und die Einrichtungen waren kalt und zweckmäßig, alles total anonym. Keiner kennt hier den anderen. Hat was von Massenabfertigung. Aber in dem Moment, in dem ich am liebsten wieder nach Hause gefahren wäre, kam es zur positiven Wende.

Die Mitarbeiterin an der Anmeldung war die Ruhe in Person. Meine Bedenken bezüglich der Einhaltung des Termins wischte sie mit einer Bemerkung vom Tisch. Freundlich gab sie mir die nötigen Unterlagen und zeigte uns den Weg zum Untersuchungs-Bereich. Dort angekommen erwartete uns eine extrem gut gelaunte Schwester, die sich meiner annahm.

"Na Schätzelein. Wat hamm´we denn? Ahhh ja, ich sehe. Alles klar, dann kommst du jetzt mal mit mir mit. Aber dein Fräuken muss hier draußen warten. Hören´s..", sie wendete sich Caroline zu.

"Du solltest deine Schilddrüse aber auch mal untersuchen lassen. Ich kann so wat an den Augen erkennen. Hab 20 Jahre Erfahrung damit. Aber jetzt bleibste erst mal hier. Dat dauert ungefähr ein Stündchen. Kannst dein Liebelein ja gleich wieder mitnehmen. Am besten gehste dir so lange einen Kaffee holen".

All meine Anspannung war plötzlich weg. War die Ruhe selbst. Die Untersuchung an sich ging zügig und reibungslos. Ich konnte mich auch wieder zu kleinen Scherzen hinreißen lassen. Als der Arzt mir die für die Röntgenaufnahme wichtige, leicht radioaktive Flüssigkeit spritzte erkundigte ich mich, welche Superkräfte ich davon kriegen könnte. Nach der Untersuchung verkündete der Arzt mir, dass alles in Ordnung sei.

So kann es gehen. Wenn man nicht damit rechnet trifft man plötzlich auf Menschen. Mir kam der Gedanke, dass Menschlichkeit den Unterschied ausmacht. Ein wenig Wärme im Herzen in einer kalten Umwelt. Unterscheidet uns das von den Tieren? Ein Affe hätte mich bestimmt nicht mit einem netten Scherz begrüßt. Ein kleiner, weißer Hund vielleicht. Die sind ja so niedlich, wenn die einen bei der Begrüßung anspringen und mit dem Schwanz wedeln, obwohl sie einen gar nicht kennen. Süß. Aber von Nuklearmedizin hat so einer ja keine Ahnung.

TRINKEN NICHT VERGESSEN

Auf einem Bein kann man nicht stehen. Wie schnell ist nichts getrunken. So jung kommen wir nie mehr zusammen. Sätze die ich, aufgrund der traditionsreichen Kneipenkultur meines Heimatortes, seit frühester Kindheit kenne. Es gab mal pro 350 Einwohner eine Kneipe hier. Weit über 50 an der Zahl. Das war für diesen kleinen Ort zwar viel, aber irgendwie lief das Geschäft überall gut. Die Restaurants sind in dieser Zahl zwar enthalten, aber eigentlich waren das damals eher Bierschwemmen, in denen man auch was essen konnte. Pommes mit Apfelmus zum Beispiel. Blutwurst mit Bratkartoffeln oder die Haushaltsplatte "Reichhaltig". Die Frau des Hauses stand dann schwitzend in der Küche, während er an der Theke die Gäste bei Laune hielt. Restaurants, in denen nur gegessen wurde, gab es nicht.

Besonders gepflegt wurde die Tradition an den heiligen Sonntagen: morgens um sieben saß man am Frühstückstisch, um rechtzeitig zum Gottesdienst in der Kirche zu sein. Danach gingen die Männer zum Frühschoppen in die Kneipe ihres Vertrauens, während die Frauen sich an die Zubereitung des Mittagessens machten. Hierzu erschien der werte Herr Gemahl dann auch fast rechtzeitig.

Gerne wurden die Buben, welche noch in die Grundschule gingen, mitgenommen. So konnten diese die Mutter nicht bei der Arbeit stören.

Außerdem hatten sie erste Kontakte mit der Tradition, die sie ja schließlich weiterführen sollten. Beim Essen wurde meistens nicht viel erzählt. Es sei denn, dass Mann sich über seine Kumpane aufregte, die ja alle so bescheuert wären. Gott sei Dank legte sich ein solcher Streit bis zum nächsten Sonntag. So blieb der Brauch erhalten.

Irgendwann muss es dann mal zu einer Naturkatastrophe oder ähnlichem gekommen sein. So wie ein Meteorit seinerzeit die Dinosaurier auslöschte, hat irgendetwas die ganzen Kneipen ausgelöscht. Wie und warum habe ich nicht mitbekommen.

Jetzt gibt es richtige Restaurants. Da steht man nur deshalb an der Theke, um auf seinen Platz am Tisch zu warten, oder das Essen zum Mitnehmen in Empfang zu nehmen, welches man vorher telefonisch geordert hatte. Die alten Kneipen sind auf ein Minimum reduziert.

Es ist ja mittlerweile nicht mehr Brauch, sich sonntagmorgens die Kinder zu packen, um diese beim "Alten Hirsch" an den Tisch für Kids zu setzen und sich danach den Kanal voll zu hauen. Und anschließend mussten diese dann mit ansehen, wie Papa sich wie ein ausgehungerter Löwe auf das Essen stürzte. In diesem Zusammenhang fällt mir auf, dass auch der gute alte Mittagsschlaf total aus der Mode gekommen ist. Wie dem auch sei, das wird wahrscheinlich der Grund sein, warum es hier nur noch wenige Kneipen gibt. Bestimmt.

ENGE HOSEN

Seit ich denken kann und ich die Dinge im Fernsehen bewusst wahrnehme, stellt sich mir die Frage: Was macht Supermann eigentlich mit seinen Klamotten, nachdem er sich mal wieder in einer Telefonzelle in den Helden im blauem Anzug verwandelt hat?

Gut, dass ist jetzt nicht die wichtigste Frage in meinem Leben, aber in gewissen Zeitabständen taucht sie immer wieder auf. Lässt er die Sachen dort liegen? Die wären doch nach seinen heldenhaften Einsätzen, bei denen er ja oft auch an seine Leistungsgrenzen geht, längst weg. Bei dem was da so in den Städten geklaut wird.

Den Verlust seines Anzuges könnte er wahrscheinlich noch verkraften. Die gibt es ja mittlerweile schon recht günstig. Aber was ist mit seinem Portemonnaie? Die Kreditkarten? Das steckt er sich bestimmt nicht in seinen Superheldenanzug. Das würde man sehen. Da würde doch hinten am Gesäß eine dicke Beule hervortreten. Außerdem trägt das doch ganz furchtbar auf. Die Superman-Kluft würde total ausleiern. Oder nimmt er nur die Kreditkarten heraus und steckt sich diese in den Super-Gürtel?

Ganz zu schweigen natürlich von einer Aktentasche. Schließlich ist er Reporter und arbeitet im Büro. Da hat er sicherlich, neben ein paar geschmierten Butterbroten und einer Thermoskanne mit Kaffee, auch noch wichtige Unterlagen drin.

Vielleicht sogar ein privates Notizbuch mit intimen Notizen: *Lex Luthor war gestern wieder total gemein zu mir. Er bot mir ein Stück Melone an. Das fand ich erst sehr nett von ihm und ich hatte gehofft er hätte sich geändert. Aber in der Melone war ein Stück Kryptonit versteckt. Da war ich dann ganz schlapp und er hat mich verprügelt.*

Und die Schuhe? Teure italienische Schuhe würde man doch nicht einfach so rumliegen lassen. Wie dem auch sei, er müsste nach jedem Einsatz zur Polizei gehen und alles als gestohlen angeben. Pass, Führerschein, Krankenkassenkarte und das alles. Und seine Konten müsste er sperren lassen. Irgendwann würden die bei der Polizei doch total austicken.

"Hören Sie mal, Herr Kent, wollen Sie uns eigentlich auf den Arm nehmen? Das ist jetzt schon das achtzigste Mal in den letzten drei Monaten, dass Sie Ihre Sachen in einer Telefonzelle liegen gelassen haben. Das ist doch nicht normal! Laufen Sie dann nackt rum? Sie wissen schon, dass das Erregung öffentlichen Ärgernisses bedeuten würde? Wir haben hier wirklich Wichtigeres zu tun."

Bei Batman gestaltet sich das Problem etwas anders. Der zieht sich ja meistens in seiner Bat-Höhle um. Und wenn er irgendwo einen Einsatz hat, lässt er halt nur Batman-Utensilien liegen. Wahrscheinlich mit einem entsprechenden Copyright. Wurfsterne in Form des Bat-Symbols,

Drahtseile und Enterhaken und so weiter. Aber genau darin liegt auch ein Problem. Wo hat er das ganze Zeug? So ein Drahtseil von mindestens 30 Metern Länge mit entsprechendem Bergsteiger-Equipment hat man doch nicht einfach so im Gürtel versteckt. Und ich habe ihn noch nie mit einem Rucksack gesehen. Und was ist mit den Autoschlüsseln für sein Batmobil?

Über die Spinne mit ihren kilometerlangen, selbstklebenden Seilen braucht man ja wohl gar nicht erst großartig was sagen. Allein die ganzen Eimer mit Spezialkleber!

Bei Flash ist das etwas anderes. Der kann ja einfach nur superschnell rennen. Sonst eigentlich nichts. Außer in seinem hauteng anliegenden Superhelden-Anzug gut auszusehen. Und Aquaman ist unter Wasser. Der braucht keinen normalen Anzug. Der ist sowieso total öde.

Aber all das bringt mich jetzt nicht weiter. Was soll ich nur machen?

"Manuel, hallo!", Caroline würde jetzt gerne los.

"Hast du dich jetzt endlich entschieden, welche Hose du auf der Fahrradtour anziehen willst?"

HOOCHIE COOCHIE MAN

Weder Alkohol noch Milch lösen bekanntermaßen Probleme. Aber erklären sie das mal jemanden, der seit seiner Kindheit immer extra Portionen Milch bekommen hat und seit einigen Jahren versucht einen Ausgleich zu seinem Leben im Alkohol zu finden. Ich habe einen kennengelernt.

Er heißt Günther und ist ein alter Klassenkamerad. Günther war ein ganz normaler Heimatort´ler. Kindergarten, Grundschule, Realschule, Lehre und dann ab in den Beruf. Frau kennenlernen, Kinder kriegen, Häusle bauen. Nett, aber ein bisschen zu bodenständig. Das Herz am rechten Fleck, aber manchmal verteidigte bzw. verbreitete er seine Ansichten ein wenig zu lautstark. Schreiend. Es war ja nicht so, dass er ständig auf Streitsuche war. Der Streit fand ihn. Eines schönen Sommers war er mit seiner Frau und den Kindern bei Freunden im Garten. Kaffee und Kuchen. Um vier Uhr wurde dann, wie sich das gehört, die Kiste Bier rausgeholt. Seine Kinder waren in dem Alter, in dem sie die Gärten mit den anderen von vorne bis hinten auf "links" drehten. Die Männer diskutierten über dies und das, also Fußball und Formel1. Ebenso die Frauen, also über Typen aus dem Büro und Filme mit Richard Gere.

Gitte-Aileen-Amber, die jüngste Tochter von Günther hatte eine Frage:

"Paaapa, die anderen wollen sich alle nackig machen, wir wollen ins Schwimmbecken springen. Darf ich auch? Jaqueline, Hagen und Karl-Theo haben schon ihre Eltern gefragt und die dürfen."

Günther beantwortete solche Fragen nicht so gerne und fühlte sich ein wenig unwohl. Aber, da er ein unerschütterliches Gerechtigkeitsempfinden hatte, wollte er natürlich zustimmen.

Seine Frau Helga kam ihm jedoch zuvor: "Nix da! Kommt überhaupt nicht in Frage!"

Ihre ohrenbetäubende Reibeisenstimme fuhr wie eine Wand zwischen das Gespräch.

"Aber wieso denn nicht? Manno. Du musst mir immer den Spaß verderben. Doofe Kuh."

Gitte-Aileen-Amber stampfte mit dem Fuß auf den Boden und rannte, laut weinend, davon. Günther fühlte sich übergangen. Langsam aber stetig fing sein Blut an zu kochen. Sowas mochte er gar nicht.

"DAT MACHSTE ABER NICHT NOCHMAL. EINFACH SO IN MEIN GESPRÄCH REINZU-FAHREN. Außerdem, was soll das? Lass die sich doch nackig machen. Die anderen dürfen doch auch. Wie soll man das der Gitti jetzt erklären? Das ist doch Scheiße."

Seine Stimme donnerte wie ein Hammerschlag Thor´s auf die Frauengruppe ein. Immerhin ist der Mann mit seiner 2-Meter-Kantenlänge und seinen wokpfannen-großen Händen von stattlicher Erscheinung. Helga schaute niedergeschlagen drein. Traute sich nicht mehr, etwas zu sagen. Sie würde vor Scham am liebsten im Boden versinken. Es war ihr peinlich.

Peinlich, den anderen den Nachmittag mit ihren ständigen Ehekrächen zu verderben. Peinlich, den längst im Freundeskreis kursierenden Verdacht zu bestätigen, dass die Tage ihrer Ehe offensichtlich gezählt sind. Peinlich, dass sie sich nicht wehrte.

Ereignisse dieser Art häuften sich bei den beiden und Helga fand irgendwann den Mut, die Sache zu beenden. Also, nicht sie alleine. Sondern sie, ihre zwei Brüder, 3 Polizei-Beamte und eine einstweilige Verfügung. Auch die überschwänglichen Entschuldigungen und Heulkrämpfe seitens Günthers, regelmäßig einen Tag nach den Streitigkeiten, konnten die Situation nicht mehr ändern.

Für beide brach eine Basis im Leben zusammen. Und obwohl Helga danach mit den Kindern in einer schwierigeren Lebenssituation steckte, bekam sie ihr Leben in den Griff. Sie führte den Haushalt, kümmerte sich um die Kinder und ging halbtags einer Arbeit nach. Das Geld reichte gerade so und sie kamen irgendwie über die Runden. Es wuchs bei Helga eine neue Lust am Leben heran. Hoffnung machte sich bei ihr breit. Und sie fing an, ihre Freizeit für etwas zu nutzen, was sie im Leben weiterbringen würde. Wie zum Beispiel den Window-Color-Kurs bei der VHS.

Bei Günther sah die Sache anders aus. Die Trennung fuhr ihm mächtig in die Glieder und ins Gemüt. Obwohl ER ja immer bei den Streitigkeiten ausrastete und den harten Typen mimte, verkraftete er es nicht. Sein Halt, den er immer in der Ehe zu haben glaubte, brach weg. Vorher gab es Zeiten, in denen er das Gefühl hatte, alles zu können. Doch dann geschahen halt negative Dinge, die wiederum andere negative Dinge nach sich zogen. Dinge, die anfänglich gut zu meistern waren und von denen er sich nicht unterkriegen ließ, die aber mit steigender negativer Intensität unüberbrückbar wurden. Jahre nach der Trennung war es dann soweit. Der seelische Zustand hatte schon längst Auswirkungen auf seine Arbeit in der Baufirma. Er war in Gedanken oft woanders. Dachte an die Kinder, an Helga und an die wirtschaftlichen Schwierigkeiten, die die Trennung mit sich brachte. Das konnte dann schon mal heikel werden, wenn man tonnenschwere Rohre mit einem Krahn verladen muss.

Da es augenscheinlich keine Lösungen für die ganzen schlimmen Dinge gab, glaubte Günther Trost im Alkohol zu finden.

Das Leben ist vielschichtig. Dazu kommt, dass heute die Menschlichkeit zu oft auf der Strecke bleibt. Wild in der Gegend herum mobben wird mit Selbstbewusstsein verwechselt. Sein Gegenüber klein reden, um selber größer zu wirken wird als Schlitzohrigkeit empfunden. Je mehr Günther sein Selbstbewusstsein verlor, desto mehr wurde er von den Kollegen untergebuttert. Das wiederum drückte noch mehr auf sein Selbstbewusstsein.

Für Günther musste der Frust einfach irgendwie raus. Bei der Suche nach einer Partnerin war die neue Lebenseinstellung natürlich auch nicht unbedingt hilfreich. Außerdem reagierte Günther immer gereizter auf die Versuche seiner Freunde zu intervenieren und zu versuchen, ihn wieder in die Spur zu bringen. Da gab´s dann schon mal die eine oder andere Rangelei.

Ich hätte nie gedacht, dass Günther eine solche Entwicklung durchmachen würde. In der Schule war er für mich immer der Supermann. Anderthalb Köpfe größer als die anderen in unserer Klasse. Er war damals schon bärenstark. Niemand traute sich, ihn irgendwie zu verärgern. Er nutzte aber seine Kraft nicht zu seinem Vorteil aus, sondern schmiss sich oft dazwischen, wenn irgendwelche Blödmänner einen unterlegenen Mitschüler fertigmachten. Seine Schulnoten ließen zu wünschen übrig. Aber so simpel seine Lebensweisheiten auch waren, sie waren steht´s geprägt von Gerechtigkeit und Wohlwollen seinen Mitmenschen gegenüber.

Er war ein sehr feinfühliger Mensch. Während früher in seiner Klasse alle auf Heavy-Metall standen, hatte er immer einen Faible für den Blues. Muddy Waters war sein Lieblings-Musiker, der und sein Song "Hoochie-Coochie-Man".

Er wollte auch immer der Hoochie-Coochie-Man sein. In dem Song geht es um coole Typen, die Erfolge bei Frauen haben und auch dem Alkohol zugetan sind, aber halt auf eine coole Art und

Weise. Nicht auf die "Ich-sauf-mir-das-Hirn-raus"-Weise. Aber es ist schwierig, Blues-Musiker zu verstehen, solange es einem selber gut geht.

Doch dann, als seine Basis-Stationen wegbrachen, fing er an den Blues wirklich zu verstehen. Er hatte ihn. Er lebte den Blues. Und immer, wenn er mal wieder von einer "Tour durch die Gemeinde" mit seinen Kumpanen nach Hause wankte, legte er noch mal die Platte von Muddy Waters auf. Er goss sich einen Schlummertrunk ein und rauchte die letzten Zigaretten des Abends auf der Terrasse. Er sah nach oben und seine Gedanken schweiften ab. Weit bis in den Weltraum hinein. Dorthin, wo noch nie zuvor ein Mensch gewesen ist.

Beim Blick in den Sternenhimmel kamen ihm immer gute Erkenntnisse. Zum Beispiel die verdammte Trinkerei aufzugeben, oder mit dem Rauchen aufzuhören. Er hatte sogar geniale Einfälle für die Lösung gesellschaftlicher Probleme. Es wäre doch nicht schlecht, dachte er, wenn jeder sich ab und zu ein bisschen zurücknehmen würde. All die ganzen Marktschreier und Angeber sollten sich nicht bei jeder Gelegenheit in den Vordergrund spielen und anderen auch eine Chance geben. Wenn alle mitmachen würden wäre er dabei. Der Erste auf dem Weg in eine bessere Welt. So wie er es früher gemacht hatte. Sich für andere stark machen. Und irgendwann würde er dann der "Hoochie-Coochie-Man" sein.

MIX

Papier | Fördert
gute Waldnutzung

FSC® C083411

Zeitfracht Medien GmbH
Ferdinand-Jühlke-Straße 7
99095 Erfurt, Deutschland
produktsicherheit@kolibri360.de